Katie Kitamura

DIE PROBE

Roman

Aus dem Englischen
von Henning Ahrens

Hanser

Die amerikanische Originalausgabe erschien 2024
unter dem Titel *Audition* bei Riverhead Books, einem Imprint von
Penguin Random House LLC, New York

1. Auflage 2025

ISBN 978-3-446-28301-5

Kolbergerstraße 22 | 81679 München | info@hanser.de

Umschlag: © Lübbeke Naumann Thoben, Köln
Motiv: © plainpicture/Tina Gutierrez
Satz: Satz für Satz, Wangen im Allgäu
Druck und Bindung: GGP Media GmbH, Pößneck
Printed in Germany

FSC
www.fsc.org
MIX
Papier | Fördert
gute Waldnutzung
FSC® C014496

TEIL EINS

1

EINE IRRITIERENDE WAHL, dieser riesige Laden im Financial District, also blieb ich draußen stehen, überprüfte Adresse und Namen des Restaurants, vielleicht hatte ich mich vertan. Dann entdeckte ich ihn an einem Tisch, ganz hinten im Raum. Mein Blick, gerahmt von meinem Gesicht, durchdrang die Schichten des Glases und der Spiegelungen. Ich beschloss zu verschwinden, gar nicht erst zu ihm hineinzugehen, und merkte, wie sich mein Magen Schritt für Schritt entkrampfte, ein wohliges Gefühl.

Da trat ein Mann aus dem Restaurant, er neigte den Kopf und hielt mir die Eingangstür auf, und diese Höflichkeitsgeste – eine Einladung oder Aufforderung – veranlasste mich einzutreten. Im Foyer war viel los, Gäste holten ihre Mäntel, sie drängten in den Gang zur Tür und ins Freie, ihr Ansturm warf mich kurz zurück. Dann lichtete sich die Menge, und ich konnte wieder quer durch den Raum blicken, er hatte sich über die Speisekarte gebeugt, studierte sie angespannt. Sein Tisch stand zwischen Küche und Toiletten, gefangen in einem ständigen Kommen und Gehen. Zwei Geschäftsmänner stießen dagegen, und er richtete sich gereizt auf, ich sah ihn tief durchatmen, als wollte er seine Gedanken sammeln oder ordnen.

Der Empfangskellner erkundigte sich nach meiner Reservierung. Ich erklärte, ich sei verabredet, und zeigte auf den jungen Mann hinten im Restaurant. Xavier. Dieser Empfangskellner, ging mir auf, hatte ihn vermutlich an dem ungastlichen Tisch platziert, und noch während ich hinzeigte, bemerkte ich seine Verblüffung. Sein Blick glitt von meinem Gesicht zu meinem Mantel, zum Schmuck. Es war vor allem mein Alter. Das war es, was ihn verwirrte. Er lächelte knapp und bat mich, ihm zu folgen. Dazu war ich in keiner Weise gezwungen, ich hätte einen Irrtum oder eine Verpflichtung vorschützen, kehrtmachen und mich hinausstehlen können. Nur schien es inzwischen zu spät zu sein, also folgte ich dem Empfangskellner durch das Gewirr der Tische, alle besetzt, ganz wie ich mich, der Höflichkeit gehorchend, von dem aufbrechenden Gast durch eine Geste hatte hineinbitten lassen. Ich fragte mich ein weiteres Mal, warum Xavier diese hektische Stunde und dieses überlaufene Restaurant ausgewählt hatte, wir hätten uns genauso gut an einem anderen, stilleren Ort auf einen Kaffee oder Drink treffen können, nachmittags oder morgens oder am frühen Abend. Der Lärm bedrängte mich, er ballte sich in meinem Kopf, ich konnte nur mit Mühe denken, kaum einen klaren Gedanken fassen.

Xavier blickte auf, als wir uns näherten. Er legte die Speisekarte weg und erhob sich, ich erinnerte mich, dass er ungewöhnlich groß war. Ich fühlte mich vorübergehend eingeschüchtert, schwer zu sagen, ob es an ihm lag oder an der Situation. Er lächelte und sagte, er habe sich gefragt, ob ich kommen würde, und die Hoffnung schon aufgeben wollen, aber da sei ich ja nun.

Der Empfangskellner war gegangen. Wir saßen uns am Tisch gegenüber, ich mit dem Rücken zur Wand. Xavier anschauend, schälte ich den Schal langsam von meinem Hals. Er lächelte noch, sein natürlicher Charme, sein Charisma waren mir schon bei der ersten Begegnung aufgefallen. Nur bemerkte ich jetzt, dass er zu freigiebig damit war. Er ahnte offenbar nicht, wie intensiv die Wirkung war, oder schien sich nicht im Klaren darüber zu sein, dass es in der Welt, in der er sich bewegte, noch weitere Menschen gab. Vor allem Letzteres zeugte davon, wie jung er noch war.

Ich legte den Schal ab, bat um Entschuldigung und erklärte, für gewöhnlich sei ich pünktlich. Er schüttelte den Kopf, viel zu beflissen, er sagte, eine Entschuldigung sei unnötig, er sei schlicht nervös gewesen, er habe schlicht befürchtet, ich könnte es mir doch noch anders überlegen, nur deshalb seien ihm derlei Gedanken gekommen, normalerweise hätte er eine fünfminütige Verspätung gar nicht bemerkt, er sei selbst gern spät dran.

Ein verlegenes Schweigen trat ein, dann begannen wir gleichzeitig zu sprechen – ich erkundigte mich nach seinem Unterricht, und er entschuldigte sich für sein Verhalten bei unserer letzten Begegnung. Mir ist bewusst, wie ich geklungen haben muss, sagte er. Du hast dich bestimmt gefragt, ob ich noch bei Trost bin, ob es einen Grund zur Beunruhigung gibt. Seine Worte ertränkten meine Frage, die Küste gewöhnlicher Konversation entrückte rasant. Er hatte mir das Wort abgeschnitten – nicht, weil er chauvinistisch gewesen wäre, das sicher nicht, sondern weil ihn etwas übermäßig stark drängte oder belastete, er sprach wie jemand, der keine Zeit zu verlieren hatte.

Ich schaute auf die Speisekarte und schlug vor zu bestellen, ich wollte möglichst rasch etwas essen und einen Drink nehmen. Er verstummte, beugte sich wieder über die Karte. Ich fragte, ob er sich schon entschieden habe, und er erklärte, er sei nicht besonders hungrig. Als der Kellner erschien, bestellte er dennoch Hamburger und Pommes frites, ein Kindermenü. Ich musste unwillkürlich lächeln. Ich wählte mein Gericht und bat den Kellner um einen Wodka Tonic, Mittag war vorüber, und ich sah keinen Grund, nicht zu trinken.

Sobald der Kellner weg war, sah ich Xavier an und erkundigte mich erneut nach seinem Unterricht. Ich war entschlossen, das Gespräch in neutralere Bahnen zu lenken, was ihn zu erbosen schien, ich sah ihm an, dass er diesen Mangel an Interesse als beleidigend empfand. Er blieb stumm und antwortete dann etwas mürrisch, sein Unterricht laufe prima. Prima, sagte er, mehr nicht. Ich hakte nach, wollte wissen, wer die Kurse leite, ich würde sicher manchen kennen, doch er schüttelte den Kopf und erwiderte, in diesem Semester habe er vor allem praktische Kurse belegt, sehr unwahrscheinlich, dass mir die Lehrenden bekannt seien.

Ich ließ mich nicht entmutigen. Mich interessiert, was du gerade lernst, sagte ich. Welche Aufgaben du dir stellen willst. Wen du bewunderst.

Ich bewundere Murata, sagte er nach einer listigen Pause. Ich liebe seine Arbeit.

Ich nickte bedächtig.

Du hast ihn sicher gut gekannt.

Sehr flüchtig. Ich habe nur kurz mit ihm zusammengearbeitet, ein einziges Mal. Er ist bald danach gestorben. Außerdem gab es die Sprachbarriere. Ich habe eine phonetische Umschrift benutzt, wir haben mit Hilfe von Dolmetschern gearbeitet. Deshalb war es mit der Interaktion nicht weit her.

Und wie war er?

Er war brillant, sagte ich bedächtig. Mir war bewusst, dass

Xavier mich eindringlich und viel zu erwartungsvoll ansah. Damals war er schon schwer krank, sagte ich. Er ermüdete rasch, und es kostete ihn unfassbar viel Willenskraft, die Produktion zu Ende zu bringen. Wir ahnten nicht, dass er Krebs hatte.

Splitterreden ist ein Meisterwerk.

Ja.

Ich habe es mir vor kurzem nochmal angeschaut. Du warst noch so jung.

War ich. Und nun sieh mich an.

Ich sagte das ein wenig kokett, vielleicht, um Xavier abzulenken, es behagte mir nicht, über Murata zu sprechen. Ich flirtete aus Gewohnheit, ein Impuls, der mit den Jahren schwächer geworden war, aber nach wie vor existierte. Ein Fehler, wie sich zeigte. Xavier neigte sich sofort zu mir hin, als witterte er eine offene Flanke. Ich lehnte mich zurück. Wie alle Frauen war auch ich Expertin darin gewesen, die Balance zwischen dem zu halten, was die Höflichkeit gebot, und dem, was die Erwartung verlangte. Und die Erwartung, das wusste ich sehr wohl, war eine Schuld, die am Ende auf die eine oder andere Art beglichen werden musste.

Xavier sagte mit leiser Stimme: Du solltest wissen, dass ich akzeptiere, was du gesagt hast. Er schien nach meinen Händen greifen zu wollen, presste seine Handflächen jedoch auf den Tisch, eine eigentümliche Haltung, die er zu lange beibehielt, eine sowohl unterwürfige als auch defensive Haltung. Ich wusste so gut wie nichts über die Person, die mir gegenübersaß, ich spürte Hitze aufwallen, als ich mich an die Leidenschaft erinnerte, mit der er damals im Theater zu mir gesprochen hatte, an die Mischung aus Widerwillen und

Erregung, die sich in mir geregt hatte. Ich war Menschen gewohnt, die über enorme Willenskraft verfügten, ich hatte immer wieder mit Menschen zu tun, deren Job darin bestand, die Welt ihrer Sichtweise zu unterwerfen. Als er dann auf unsichere und unterwürfige Art in sich zusammenschrumpfte, fragte ich mich aber, ob er vielleicht doch keiner jener Menschen war, und wusste beim besten Willen nicht, was er von mir wollte.

Der Kellner brachte unser Essen, und während er über uns hing, ließ Xavier seine Hände zögerlich vom Tisch in den Schoß gleiten. Der Kellner stellte die Teller hin, sein Blick zuckte zwischen mir und dem jungen Mann hin und her. Ich hob den Kopf, und er sah weg. Xavier begann zu essen. Während ich ihn beobachtete, seine Mundbewegungen beim Kauen, seinen sehnigen Hals, spürte ich ein unerwartetes Knistern. Obwohl er mir fremd und weitgehend unergründlich für mich war, kannte ich die Einzelheiten der Fantasie, die er erschaffen, das Schloss, das er im Geist erbaut und mir geschildert hatte, eine beinahe intime Enthüllung.

Der Kellner räusperte sich und fragte, ob er noch etwas bringen dürfe, ob wir weitere Wünsche hätten. Xavier hatte ein Drittel seines Hamburgers verschlungen, während der Kellner Beilagen und Saucen hingestellt hatte. Er schluckte und trank einen tiefen Schluck Wasser. Der Kellner hatte eine maskenhaft unbeteiligte Miene aufgesetzt. Während ich ihn betrachtete, erinnerte ich mich an einen Vorfall in einem ganz ähnlichen Restaurant, wenn auch in Paris, es war lange her, ich war noch keine zwanzig gewesen. Ich hatte mich mit meinem Vater getroffen, und er hatte mich zum Lunch eingeladen. Damals war ich eine spindeldürre Schauspielschülerin. Offenbar machte er sich Sorgen um mich, denn er bestellte ein mehrgängiges Menü. Nachdem der Kellner fort war, erklärte er, mir ein besonderes Geschenk machen zu wollen, eines, das er gemeinsam mit meiner Mutter in einem Geschäft in Rom entdeckt hatte.

Das Kästchen öffnend, schrie ich vor Freude leise auf. Es war eine Smaragdkette, schön und extravagant, und nachdem er sie um meinen Hals geschlossen hatte, umarmte ich ihn. Bis dahin war mir nicht bewusst gewesen, wie sehr ich die regelmäßige Gesellschaft meiner Eltern vermisst hatte. Möglicherweise war meine Reaktion in mancher Hinsicht aufgesetzt oder gespielt – etwa der freudige Aufschrei –, aber die Gefühle, die ich damit zum Ausdruck bringen wollte, waren aufrichtig, ich besitze die Kette noch heute, und immer, wenn ich sie trage, gedenke ich meiner Eltern. Gleichzeitig denke ich an etwas anderes, an eine andere Version oder Interpretation der Begegnung mit meinem Vater in dem Pariser Restaurant – eine der letzten vor seinem Tod –, was meine Erinnerung jedoch in keiner Weise trübt, meiner Auffassung nach war ich danach endgültig kein Mädchen mehr, sondern trat in die Phase ein, die man als weibliche Blütezeit bezeichnen könnte, eine lange Phase, deren Ausklang erst jetzt näher zu rücken begann.

Wir widmeten uns in dem teuren Pariser Restaurant dem Essen, der Kellner mit der gestärkten Schürze servierte Gang um Gang, mein Vater hatte zu viel bestellt. Der Kellner schenkte auch Wein nach, und mir fiel auf, dass mein Vater wieder viel trank, obendrein mitten am Tag. Und dann, ihm wurde abermals nachgeschenkt, drehte sich der Kellner unauffällig zu mir um und zwinkerte mir anzüglich zu. Ich fühlte mich überrumpelt, mein Vater erkundigte sich, ob alles in Ordnung sei. Ich sah den Kellner an, aber dieser zuckte mit keiner Wimper, worauf ich mich fragte, ob es Einbildung gewesen war. Alles gut, antwortete ich. Alles gut.

Von da an nahm ich den Kellner anders wahr, ich empfand seine Aufmerksamkeiten während des restlichen Essens als immer aufdringlicher, er schien mir zu nahe zu kommen, wenn er einen neuen Gang servierte oder Krümel vom Tisch bürstete, seine ganze Art kam mir zweideutig vor, was mein Vater nicht zu bemerken schien, ich dagegen schon, nur konnte ich mir keinen Reim darauf machen. Streng genommen konnte sein Flirten nicht als ungehörig gelten, er war kaum älter als ich, und ich war keineswegs immun gegen Männer, die mir Komplimente machten. Den wahren Grund für das zweideutige Verhalten des Kellners durchschaute ich erst, nachdem mein Vater die ziemlich saftige Rechnung beglichen hatte.

Wir waren aufgestanden und hatten uns einige Schritte vom Tisch entfernt, als mir das leere Schmuckkästchen einfiel. Ich ging zurück, um es zu holen, und als ich danach greifen wollte, erschien der Kellner und drückte mir einen Zettel in die Hand, den ich, verwirrt wie ich war, sofort fallen ließ, wenn auch nicht ohne zu sehen, dass eine Telefonnummer darauf stand, wenn auch nicht ohne zu hören, wie mir der Kellner mit feuchtem, heißem Atem ins Ohr raunte: Ruf mich an, wenn du mit der Arbeit fertig bist. Da ging mir auf, dass er die liebevolle Zuwendung meines Vaters missverstanden hatte. In dem Moment tat mir mein Vater zum ersten Mal leid, wie entsetzlich, dass er als alter und lüsterner, absurder Mann angesehen wurde, der für seine Begleitung zahlen musste, der seine Bedürfnisse nicht mehr ohne weiteres befriedigen konnte.

Genau diese Fehleinschätzung meinte ich jetzt aus dem Blick des Kellners herauszulesen, der zuerst mich und danach den jungen, gutaussehenden Mann betrachtete, der mir gegenübersaß, traf. Nur war es dieses Mal andersherum, ich war diejenige, die Mitleid oder gar unverhohlene Verachtung erntete – schließlich war ich eine Frau, und über Frauen wird stets unbarmherziger geurteilt. Ich bat den Kellner kurz angebunden um einen weiteren Drink, er nickte und pflückte das leere Glas vom Tisch. Als er ging, bemerkte ich den Blick eines Mannes, der einige Tische weiter saß. Wir starrten einander an. Dann tätschelte er die Hand der neben ihm sitzenden Frau, eine lahme, beschwichtigende Geste. Ich ahnte, was sich nach Auffassung des mittelalten Paares an unserem Tisch abspielte, und spürte, wie Verärgerung, aber auch Sympathie für Xavier in mir aufstiegen, mir fiel ein, was es bedeutete, so jung zu sein und stets mit älteren Menschen in Zusammenhang gesetzt zu werden, deren Wünsche es zu erfüllen galt.

Wohnst du gern in der City?, fragte ich unvermittelt.

Er legte Messer und Gabel weg und wischte sich mit der Serviette den Mund ab, er hatte exzellente Tischmanieren, war offensichtlich gut erzogen worden. Er konnte als vorzeigbar gelten, wie es früher geheißen hatte, ein junger Mann, dem es weder an Geld noch an emotionaler Zuwendung gemangelt hatte. Ja, sagte er, ich wohne sehr gern hier und würde alles tun, um bleiben zu können. Er sprach unbeschwert, zugleich schwang in seinen Worten die Erwartung mit, dass sich das, was er erträumte, schlussendlich erfüllen werde. Ich begriff, dass er im Kern eine zuversichtliche Person war, meine anfängliche Einschätzung war korrekt gewesen. Der junge Mann, der in der Tür des Theaters erschienen war, dessen Körperhaltung maßvolle Anspannung verraten hatte. Ich wusste noch, dass Lou sofort aufgestanden war, um zu fragen, wie sie ihm helfen könne, ich wusste noch, dass ich mich umgedreht und beobachtet hatte, wie sie lächelnd zu ihm aufblickte, wie er ihr Lächeln erwiderte.

Meine Gegenwart hatte ihn verschlossener werden lassen, die Struktur seiner Persönlichkeit verändert. Ich begriff, dass mein Kommen ein Fehler gewesen war. Ich hatte von Kindesbeinen an dazu geneigt, mein Gesicht gegen die Scheibe zu drücken, um die Geheimnisse anderer Menschen zu ergründen, zugleich aber auch den Impuls, mich selbst zu schützen. Falls nötig, konnte ich rasch und vehement Grenzen ziehen, dichtmachen und mich zurückziehen. Ich hatte meinen Fisch noch nicht angerührt, Xavier dagegen hatte aufgegessen, höchste Zeit also, Klartext zu reden.

Ich denke, wir sollten uns nicht wiedersehen, sagte ich, nachdem der Kellner die Teller abgedeckt hatte. Xavier zuckte zusammen, als hätte ich ihn geschlagen. Eine Beziehung, gleich welcher Art, ist schlicht undenkbar.

Alles, was du gesagt hast – ich akzeptiere es. Das tue ich, ehrlich.

Warum dann dieses Treffen?

Er zögerte. Ich muss dir etwas sagen.

Der Mann an dem etwas weiter entfernten Tisch beobachtete uns wieder, ich spürte seinen Blick und sah verärgert auf. Was ich hinter ihm sah, ließ mich jedoch verwirrt erstarren. Ich sah Tomas das Restaurant betreten, eigentlich unmöglich, er hatte morgens noch erzählt, er wolle den ganzen Tag zu Hause arbeiten, er hielt sich nie in diesem Teil der Stadt auf, hatte auch keinen Anlass, ein solches Restaurant aufzusuchen, er hätte es verabscheut. Offenbar hatte Regen eingesetzt, er trug einen Schirm bei sich, den er beim Hereinkommen ausschüttelte; dies tat er mit Bedacht, was für all seine Handlungen galt. Er sprach den Empfangskellner an, der nickte und in Richtung Speiseraum deutete, wo sich die Zahl der Gäste deutlich gelichtet hatte, und Tomas wahrscheinlich mitteilte, er habe freie Wahl.

Bin gleich wieder da, sagte Xavier und begann, sich zur vollen Größe aufzurichten.

Nein, sagte ich. Setz dich.

Ich klang schärfer als beabsichtigt. Er setzte sich. Er starrte mich an, vielleicht hatte ich ihn zum ersten Mal ernsthaft überrascht. Tomas folgte dem Empfangskellner in den Speiseraum. Ich überlegte, was am idealsten wäre, schlicht seinen Blick auffangen, von hier hinten winken. Das wäre das Natürlichste, ich könnte Xavier als Schauspielschüler vorstellen, was den Tatsachen entsprach, ein junger, am Theater interessierter Mensch. Nur würde sich Tomas dann zu uns setzen, auch das wäre natürlich, was wiederum eine Kaskade von Ereignissen auslösen konnte.

Xavier musterte mich forschend. Stimmt etwas nicht?, fragte er. Tomas hatte das Restaurant halb durchquert, und ich wollte schon aufstehen, um die Situation durch einen halbwegs plausiblen Bluff zu entschärfen. Er hatte mich noch nicht entdeckt, aber das stand kurz bevor, ein gutes Dutzend Tische war besetzt, der Empfangskellner strebte rasch auf uns zu, es war nur eine Frage der Zeit. Tomas folgte ihm, er wirkte geistesabwesend und zerstreut, schien in Gedanken versunken. Ich beobachtete ihn, aus der Entfernung wirkte er viel älter, und da wallten Zärtlichkeit und Liebe in mir auf, verstand ich nicht mehr, warum ich ihm nichts von Xavier erzählt hatte, obwohl ich ihm alles erzählte, obwohl ich keinem anderen Menschen auf der Welt so tief vertraute.

Tomas würde es verstehen. Ohne Frage. Bei diesem Gedanken hob ich eine Hand, um ihn auf mich aufmerksam zu machen. Setz dich, würde ich sagen. Setz dich zu uns. Das ist – und ich würde Tomas, der sich neben mir niederließe, Xavier vorstellen. Seine Gegenwart würde mich beruhigen, die Situation entspannen. Ich schwenkte den Arm, Tomas war nur wenige Meter entfernt, ich war überzeugt, er hatte uns bemerkt. Xavier drehte sich mit verwirrter Miene um, sein Blick irrte durch den Raum, ohne auf Tomas zu verweilen, dem er nie begegnet war, den er nicht kannte. Xavier sah mich fragend an, ich wiederum reckte die Hand noch weiter in die Höhe, gab ein Zeichen.

Da erstarrte Tomas. Seine Hände steckten in den Manteltaschen, und er fing an, darin zu kramen, als suchte er etwas – Handy oder Brieftasche, vielleicht seine Schlüssel. Er verharrte mitten im Restaurant, ich hätte aufstehen und zu ihm gehen müssen, rührte mich aber nicht. Ich sah ihn mit dem Empfangskellner sprechen, der schulterzuckend nickte. Tomas machte kehrt und durchquerte mit eiligen Schritten den Speiseraum, als hätte er etwas Wichtiges vergessen oder verloren. Seine Eile, so mein Eindruck, wurde zusätzlich durch etwas anderes beflügelt oder flankiert, eine gewisse Beschämung, etwas Verborgenes, Unpassendes.

Die Glastür schwang auf, fiel zu. Den Kopf reckend,

sah ich ihn auf der Straße davonhasten. Das Bedauern, das sein Verschwinden in mir auslöste, war unbeschreiblich tief, schien eine Schwerkraft zu besitzen, mich zu Boden zu ziehen. Ich hätte aufspringen und ihn zurückrufen mögen. Nur hielt mich irgendetwas davon ab. Wann hatte ich meinen Mann zuletzt betrachtet und ein Gefühl oder einen Gesichtsausdruck bemerkt, die ich nicht entschlüsseln, nicht auf Anhieb einordnen konnte? Hatte er etwas zu verbergen – etwa den Anlass seines Erscheinens in diesem Restaurant, das im falschen Stadtviertel lag, das er zur falschen Tageszeit aufgesucht hatte, immerhin war er ein eingefleischter Gewohnheitsmensch?

Alles okay?

Ich drehte mich zu Xavier um, und indem ich dies tat, wurde sie mir bewusst – eine Ähnlichkeit zwischen uns beiden, die sich nicht auf ethnische Merkmale beschränkte, vielmehr einen Widerhall oder eine Spiegelung bestimmter Züge darstellte, sie wollte mir in keiner Weise einleuchten, war mir ein Rätsel. In diesem Moment konnte ich die Ränder seines Denkens erkennen, die Täuschung, der er sich hingab, sie war fast mit Händen zu greifen. Aber das Gefühl verflog, und die Kluft zwischen uns tat sich wieder auf. Er lehnte sich auf dem Stuhl zurück und atmete aus, und ich erkannte den Bewegungsablauf wieder, bei unserer ersten Begegnung, neulich im Theater, hatte er sich auf ähnliche Art zurückgelehnt.

Er hatte diese Geste in einem meiner Filme oder bei einem meiner Bühnenauftritte beobachtet und dreist kopiert. Eine meiner Eigenarten, vereinnahmt von einem fremden Körper, ein Teil von mir, der von diesem jungen, mir gegenübersitzenden Mann geraubt worden war, das hatte etwas Unheimliches. Zorn loderte in mir auf, meine Instinkte schärften sich. Die Situation war bedrohlicher als gedacht, hinter seinen Ansprüchen und Aufdringlichkeiten verbarg sich eine Skrupellosigkeit, die ich nicht bemerkt, auf die ich mich nicht gefasst gemacht hatte. Ich muss los, sagte ich zu Xavier, und bevor er etwas erwidern konnte, stand ich auf und trat vom Tisch zurück, ich hatte ihm nichts weiter zu sagen, konnte nur wiederholen: Ich muss los.

2

ICH STIESS DIE Restauranttür auf und taumelte ins Freie, sah mich vergeblich nach Tomas um, er war längst im Gedränge der Straße verschwunden. Es regnete, deshalb war es etwas diesig. Ich dachte an Xavier, den ich am Tisch hatte sitzen lassen, ohne mich zu erklären, und begann, mich mit raschen Schritten vom Restaurant zu entfernen.

Um die Ecke biegend und nach Norden gehend, sog ich die kalte Luft in mich ein wie nach längerem Sauerstoffentzug. Das Apartment war zu weit weg, um bei Regen zu Fuß dorthin zu gehen, andererseits fand ich den Gedanken unerträglich, in der Subway oder in einem Auto zu sitzen, ich wollte spüren, wie ich die Situation im Restaurant entschlossen hinter mir zurückließ – Xavier, der mir am Tisch gegenübersaß, Tomas, der wie erstarrt im Speiseraum verharrte. Es begann, stärker zu regnen, doch ich ging weiter, als wollte ich mich bestrafen, es war mir unbegreiflich, wie ich mich auf das Treffen mit Xavier hatte einlassen können.

Vielleicht hatte ich ihn bedauert – so tiefe und unerwiderte Gefühle zu hegen, eine solche Einseitigkeit zu erfahren. Aber war es nur das gewesen? War da nicht auch eine latente Neugier, der alte Impuls, anderen Menschen näherzukommen? In jüngeren Jahren war dieser Impuls das beherrschende Prinzip meines Lebens gewesen. Ich hatte oft versucht, mir diesen Zwang zu erklären – er stellte eine Lebensweise dar, eine Möglichkeit, mich mit dem zu verbinden, was sich ringsumher abspielte, es war eine Frage der Offenheit. Mit den Jahren, vor allem jedoch, nachdem ich Tomas begegnet war, hatte ich gelernt, diesen Drang zu zügeln, als das zu erkennen, was es tatsächlich war – eine flüchtige Neugier, eine Besessenheit und eine Form von Voyeurismus.

Wegen Tomas. Durch ihn, mit ihm hatte ich gelernt, disziplinierter zu leben, eine gewisse innere Ruhe zu wahren, so dass ich beinahe vergessen hatte, wie es war, der Welt gegenüber so offen zu sein, sich lustvoll in die Brandung des Temperaments anderer Menschen zu stürzen. Am Ende doch wieder von diesem Gefühl erfasst zu werden, zumal in dieser Intensität, überraschte mich, aber Xavier und dessen extrem unlogisches, verwirrendes Ansinnen hatten mich fasziniert. Wider besseres Wissen war meine Neugier erwacht. Die Situation zeigte alle Warnsignale, die ich im Laufe der Zeit zu erkennen gelernt hatte, und dennoch hatte ich auf seine Nachricht reagiert, dem Treffen zugestimmt, mich in das Restaurant begeben und zu ihm an den Tisch gesetzt.

Es war ein Moment der Unbedachtheit gewesen. Ich war in eine Lebensphase eingetreten, die eine gewisse Unbeweglichkeit mit sich bringt, im mittleren Alter empfindet man Veränderungen vor allem als störend. Denkbar, dass ich deshalb in einem Zustand gedankenloser Selbstzufriedenheit versunken war. Während ich im Nieselregen weiter der Straße folgte, fragte ich mich, wie lange ich mich bereits in diesem Zustand extremer Gewöhnung befand. Ich ließ den Blick schweifen und stellte fest, dass ich weiter gelaufen war als gedacht, gleich wäre ich zu Hause.

Bei meiner Rückkehr war Tomas nicht daheim. Wir bewohnten ein Apartment im West Village, das wir gekauft hatten, nachdem ich in dem von Xavier erwähnten Film Muratas mitgewirkt hatte. Damals kostete ich zum ersten Mal vom Erfolg, und obgleich meine Rolle unwesentlich, der Film in einer fremden Sprache gedreht worden war, hatte er eine gewisse Anerkennung erfahren. Danach wurden mir regelmäßiger Rollen angeboten, wenn auch kleinere und bescheidenere, keine besaß die Tiefe dessen, was ich für Murata gespielt hatte.

Es bedeutete vor allem, dass uns etwas mehr Geld zur Verfügung stand, dass ich Rechnungen begleichen und Kleidung kaufen, dass wir essen gehen konnten, wenn uns nicht nach Kochen war. In den folgenden Jahren konnten wir etwas ansparen, gelegentlich blieb Geld übrig, etwa dank eines Gastauftritts in einer Fernsehserie. Hilfreich war, dass wir keine Kinder hatten. Kinder, die man ernähren musste, die man einkleiden musste, dazu die Kosten für Betreuung und Ausbildung, befreundete Paare erzählten, einer von ihnen arbeite ausschließlich, um die Nanny zu finanzieren. So kam es, dass wir uns, obgleich keinesfalls reich, überraschend in der Position wiederfanden, die man *sorgenfrei* nennt – in einer Stadt wie New York keine ganz geringe Leistung.

Also erwarben wir das Apartment, inzwischen lag das einige Jahre zurück – wenn auch nicht so lange, wie ein Neuankömmling in der Stadt meinen könnte, die Gentrifizierung veränderte alles in rasendem Tempo –, mit Hilfe einer bezahlbaren Hypothek. Mit den zwei Zimmern und einem zusätzlichen Arbeitsraum für Tomas war es groß genug, um darin alt zu werden. Man denkt sicher, die Leute hätten sich verwundert gefragt, wie wir in den Besitz eines geräumigen

Apartments im West Village gelangt waren, zumal in Anbetracht unserer unregelmäßigen Arbeitstätigkeit. Tatsächlich aber gilt, dass das Dasein von New Yorkern in keiner Hinsicht nachvollziehbar ist, schon gar nicht in finanzieller. Vielleicht vermutete man private Einkünfte oder setzte irrigerweise voraus, man würde mich nach einem weiteren Erfolg besser und stetiger bezahlen. Außerdem wurden wir älter, waren irgendwann beruflich arrivierter, und so blieb der Ausdruck milder Verblüffung, den Gäste beim Betreten des Apartments gezeigt hatten, irgendwann aus. Man schien der Ansicht zu sein, der Ort sei uns gemäß. Wir wuchsen hinein, ohne ihm je zu entwachsen.

An dem Nachmittag war die Luft im Apartment abgestanden, hatte ich den Eindruck, Räume zu betreten, die lange Zeit unbewohnt gewesen waren und doch in allen Details meinem Zuhause glichen, bis hin zur Vase auf dem Tisch im Flur und den Mänteln an der Garderobe, nur dass es eben nicht mein Zuhause war. Ich rief nach Tomas. Es war später Nachmittag, zu dieser Stunde beendete er stets die Arbeit und verließ sein Arbeitszimmer, um sich einen Drink zu gönnen. Der Auftakt des Abends, der Moment, wenn ich zu ihm stieß, vorausgesetzt ich arbeitete nicht, wir plauderten dann eine Weile, bevor wir den Abend planten, manchmal standen ein Event oder soziale Verpflichtungen an, manchmal aßen wir in Ruhe, aber wie es auch war, wir genossen unsere gegenseitige Gesellschaft.

Heute hingegen war sein Arbeitszimmer verwaist. Durch den Flur gehend, bemerkte ich, dass die Tür angelehnt war, konnte durch den Spalt den leeren Schreibtisch, den zurückgeschobenen Stuhl und den schwarzen Bildschirm des ruhenden Computers sehen. Das Zimmer war aufgeräumt, nichts deutete auf seine Anwesenheit hin – nichts sprach dafür, dass er kurz hinausgegangen war, um im Eckladen etwas zu kaufen oder ein Paket zur Post zu bringen. Ich kehrte in die Küche zurück, sie war tadellos aufgeräumt, weder Geschirr in der Spüle noch Krümel auf dem Tresen. An einem normalen Tag hätte ich benutzte Kaffeetassen und Teller sowie Sandwichränder vorgefunden, Relikte eines produktiven Tags. Während ich den makellosen Küchentresen betrachtete, wurde mir zum ersten Mal bewusst, dass ich in derlei Relikten Beweise für die hart erarbeitete Beständigkeit unseres gemeinsamen Lebens sah.

Ich hatte mich morgens nach seinen Plänen für den Tag erkundigt. Keine Pläne, freie Bahn zum Schreiben, er werde zu Hause arbeiten, hatte er gesagt. Ich fragte, was er zu Mittag essen wolle, und er antwortete, er werde sich aus den Resten in der Küche etwas zubereiten. Hätte ich ihn nicht im Restaurant entdeckt, dann hätte ich wahrscheinlich angerufen oder getextet, ich hätte ihn gefragt, wo er war und ob alles okay sei. Ich verließ die Küche mit gerunzelter Stirn, es war lange her, dass ich mich gefragt hatte, wo Tomas steckte oder was er tat. Selbst wenn er beruflich unterwegs war – oder ich, wir hockten natürlich nicht ständig aufeinander, manchmal sahen wir uns wochen-, ja monatelang nicht –, selbst in solchen Phasen hatte ich mich mir nie die Frage gestellt, was er gerade machte.

Ich setzte mich ins Wohnzimmer, draußen schwand das Licht rasant. Sollte meine Fantasie aus der Übung gewesen sein, so kam sie nun erstaunlich lebhaft wieder in Gang, wenige Lappalien – eine leere Spüle, ein sauberer Tresen, ein unerwartetes Erscheinen im Restaurant – genügten, um Unsicherheit zu säen, Spekulationen auszulösen. Ich blinzelte ins zunehmende Dunkel. Tomas im Restaurant gesehen zu haben, belastete mich nicht nur aufgrund meines eigenen Fehlers – bei Tomas' Anblick war mir bewusst geworden, dass Xavier ein Geheimnis war, das ich mit ihm nicht hatte teilen wollen, obwohl ich nicht verstand, warum –, sondern auch, weil ich den Eindruck gewonnen hatte, er habe gleichfalls Geheimnisse.

Was das möglich? Tomas sah nach wie vor gut aus, wenn überhaupt, so war er mit den Jahren attraktiver geworden, die groben Kanten seiner Jugend hatten sich abgeschliffen. In jüngeren Jahren war er etwas streberhaft gewesen, nicht ungewöhnlich für einen ehrgeizigen Menschen, der auf der Welt etwas hinterlassen wollte, dem wichtig war, wie andere über ihn dachten. Doch je größer sein beruflicher Erfolg, desto geringer sein Interesse an der Meinung anderer Leute, sein Ego hatte keine Anerkennung von außen mehr nötig, und am Ende schwand sein Interesse an anderen Menschen ganz allgemein.

Ich wusste, das lag nicht zuletzt an unserer glücklichen Ehe. Zugleich deutete ich seine entspanntere Art als Vertrauen, und Vertrauen kann einen Großteil dessen ausmachen, was eine Frau an einem Mann attraktiv findet. Für manche Frauen mag es sogar ausschlaggebend sein. Tomas war weitgehend unempfänglich für andere Frauen, jedenfalls glaubte ich das, auf den Veranstaltungen und Partys, die wir gemeinsam besucht hatten, waren viele auffällig schöne Frauen gewesen, die er kaum beachtet hatte. Aber war das überhaupt möglich? Lief er tatsächlich wie mit Scheuklappen durch die Welt? Diese Vorstellung schien mir plötzlich absurd und naiv zu sein.

Ich stand unruhig auf und knipste Licht an. Neunzehn Uhr war vorüber, und immer noch keine Nachricht von Tomas. Ich hatte plötzlich sein Gesicht vor Augen, in dem allmählich Neugier erwachte, bemerkenswert im Fall eines eher distanzierten Mannes. So hatte ich ihn noch nie gesehen, es kam mir vor wie eine neue Version seiner Person. Als wir uns kennengelernt hatten, war er anders gewesen, damals hatte er alle Sinne nach außen gerichtet, etwas von der Welt gewollt. Wohl auch mich. Mit dem Erreichen seiner Ziele hatte er sich stark verändert, und das Bild, das ich jetzt vor mir sah – die scheinheilige Person, die ich mir vorstellte –, war mir weitgehend fremd, kam mir vor wie die Erinnerung an jemanden, dem ich vor langer Zeit begegnet war, in einem anderen Leben und in einem anderen Land.

Dann ging die Tür auf, und Tomas trat ein, ganz der Alte. Er hängte Mantel und Hut an die Garderobe, und als er mich im Wohnzimmer sah, lächelte er, rings um seine Augen bildeten sich die vertrauten Falten. Sein bloßer Anblick sorgte für Erleichterung, das Fieber verflog, und ich schalt mich für meine Befürchtungen. Er trat ein, beugte sich zu mir und gab mir einen Kuss. Bitte entschuldige, dass ich so spät dran bin, sagte er. Dann ging er zur Küche. Magst du einen weiteren Drink?, fragte er über die Schulter. Ich schaute zum Sideboard, auf dem mein Glas stand, ich hatte vergessen, dass ich mir einen Drink eingeschenkt, vergessen, dass ich ihn geleert hatte, aber Tomas entging nichts. Ich wandte mich um, er war schon in der Küche. Wo warst du?, rief ich ihm nach, die Hand um das Glas gelegt.

Er zögerte so unmerklich, dass es vielleicht nur meiner Einbildung oder einem banalen Problem geschuldet war – Eiswürfel, die in der Form haften blieben, ein widerspenstiger Flaschenverschluss, etwas Dreck im Auge. All das wäre denkbar gewesen, und doch loderten meine Befürchtungen wieder auf, und ich setzte mich aufrecht hin, als er ins Wohnzimmer zurückkehrte, den Drink in der Hand bergend, genau wie immer, möglicherweise zu genau, er sagte: Ich hatte komplett vergessen, dass ich mit Said zum Lunch verabredet war. Anschließend sind wir in sein Atelier gegangen, er wollte mir seine neuen Arbeiten zeigen, und dann haben wir uns unterhalten. Tomas setzte sich mir gegenüber in den Sessel, sein Lieblingssessel. Ich betrachtete ihn forschend, und er lächelte auf seine gewinnende Art.

Ist dir klar, dass wir Said seit über zwei Jahren nicht mehr gesehen haben?

Wir waren im letzten Jahr auf seiner Vernissage.

Ich weiß, aber wirklich gesehen haben wir ihn nicht.

Wir treffen uns zu selten mit anderen Leuten.

Er nickte und nippte an seinem Drink.

Wie sehen seine Arbeiten aus?

Er hob verblüfft den Kopf.

Welche Arbeiten?

Saids neue Gemälde.

Weißt du, ich nehme an, es liegt an seiner Freundin, sagte er nachdenklich. Sie nervt. Said hat die Beziehung mit Raphaelle verbockt, mit Frauen ist er eine Katastrophe.

Schon klar. Aber abgesehen von seinem Liebesleben – wir kannten Said seit Jahren, und es war immer das Gleiche, viel zu langweilig, um darüber zu sprechen, und miterleben wollte man es schon gar nicht, ich wusste beim besten Willen nicht, wie er das machte –, wie sind seine neuen Arbeiten?

Saids erfolgreiche Karriere in Galerien beruhte vor allem auf der Strategie, seine Arbeitsweise in einem Maß zu verändern, das substanziell genug war, um eine künstlerische Fortentwicklung zu suggerieren, und doch so geringfügig, dass es seine Klientel nicht verschreckte. In letzter Zeit hatte er allerdings wiederholt davon gesprochen, einschneidendere Veränderungen vornehmen zu wollen, er habe genug davon, den Markt zu bedienen, obgleich er sich damit eine goldene Nase verdient hatte. Ich fragte mich, wie er vorgegangen war, wie seine neuen Arbeiten aussahen, schließlich war es nicht ganz einfach, nach einer jahrelangen ähnlichen Herangehensweise etwas Neues zu erschaffen, egal, wie begabt man war. Und Said war trotz seines kommerziellen Erfolgs ein begabter Künstler, in unserem Wohnzimmer hing ein kleinformatiges Gemälde, ein Geschenk anlässlich dieses oder jenes Hochzeitstags, ein Tribut an den Erfolg unserer Ehe, wie er ihn noch erringen musste, jedenfalls hatte er sich so ähnlich ausgedrückt, als er uns das Gemälde überreicht hatte.

Ich hatte also aus aufrichtiger Neugier gefragt, und mein Argwohn keimte erst da wieder auf, erblühte geradezu in greller Pracht, als Tomas mich ratlos ansah. Ich witterte eine Panik, die er nicht ganz verhehlen konnte, was wiederum so untypisch war, dass ich abermals ein akutes Prickeln der Angst auf der Haut verspürte.

Ich weiß wirklich nicht, wie ich das sagen soll, antwortete er kopfschüttelnd und errötete. Die Sachen sind furchtbar. Wir haben ihn ständig ermutigt, etwas Neues zu wagen, aus diesem, diesem … Trott auszubrechen, in dem er unserer Meinung nach feststeckt.

Ja, aber wie ist er vorgegangen? Wie sehen die Gemälde aus?, beharrte ich.

Er schüttelte wieder den Kopf, ich hatte den Eindruck, dass er ablenken wollte, konnte ihm förmlich ansehen, wie er versuchte, sich eine halbwegs plausible Beschreibung auszudenken; je länger ich darüber nachdachte, desto unwahrscheinlicher schien es mir zu sein, dass Said seine Arbeit grundlegend neu konzipiert hatte, zwar war er hochtalentiert, zugleich aber faul und bequem und zu sehr an den Kokon aus Lob und Geld gewöhnt, in dem er sich eingerichtet hatte. Die Tatsache, dass Tomas, ein Experte im Geschichtenerzählen, etwas fabulierte, das so durchsichtig, so nachlässig zusammengeschustert war, war da schon überraschender.

Sie sind abstrakt. Formen und Farben.

Formen und Farben?, wiederholte ich.

Er sah mich nicht an, sondern stand auf und ging wieder in die Küche. *Formen und Farben* ist eine gängige Charakterisierung, wenn auch nicht aus Tomas' Mund, er formulierte für gewöhnlich so präzise, dass man klar umrissene Bilder und Ideen vor Augen hatte, er hatte noch nie ein Gemälde als *Formen und Farben* beschrieben. Ich runzelte die Stirn und folgte ihm in die Küche. Ist alles okay?, fragte ich. Du wirkst irgendwie …

Wie wirke ich?

Er klang barsch, und ich wich unwillkürlich einen Schritt zurück. Sprach ein Vorwurf aus seiner Miene? Er reichte mir einen Drink und fragte: Und wie war dein Tag? Was hast du so gemacht? Er trank einen Schluck, den Blick über sein Glas hinweg auf mich gerichtet.

Gut?

Schlicht gut? Mit Fragezeichen?

Ich starrte ihn an. Spielte er mit mir? Sollte er mich gesehen haben, warum sagte er es dann nicht offen? Wir stritten selten, wir waren keines der Paare, für die Streit ein Lebenselixier darstellt, und doch sehr wohl imstande, etwas auszufechten, falls nötig. Das hatte ich jedenfalls stets geglaubt, nun kamen mir leise Zweifel. Sein Gesicht war unergründlich, schien aber weicher zu werden, verletzlicher, und ich wandte beschämt den Blick ab. Als ich wieder hinsah, hatte er die Schutzmaske wieder aufgesetzt, war seine Miene abermals ausdruckslos.

Er stellte sein Glas ab und fischte mit Bedacht eine Olive aus einer Schale, die er vorhin gefüllt haben musste, auf dem Tresen standen kleine Schalen mit Oliven und Nüssen, und erklärte, er habe einen Bärenhunger. Ich habe heute fast nichts gegessen, sagte er und fuhr nahtlos fort, als wollte er meiner Frage zuvorkommen: Said hat eines dieser Restaurants im Financial District vorgeschlagen, wo die Portionen so klein sind, dass man anschließend immer noch hungrig ist. Er stopfte sich weiter Nüsse in den Mund, und ich dachte, er muss tatsächlich hungrig sein, er schlang regelrecht, was an sich keineswegs abstoßend war, er war schlicht jemand, der aß, und doch empfand ich einen leisen Ekel, die Art, wie er die Nüsse zwischen den Kiefern zermalmte, war mir fremd, er zog vorübergehend das Gesicht einer Person, die sich allein wähnt. In der Ecke war ich seit Jahren nicht mehr, sagte er. War komisch, dort herumzulaufen. Ein ungemütliches

Viertel, ehrlich, keine Ahnung, warum Said dort ein Restaurant ausgesucht hat, aber gut, er ist Anteilseigner, jedenfalls glaube ich das, genau weiß ich es nicht.

Nun klang er ganz natürlich. Indem er sich mir zuwandte, lächelte er und murmelte: Komm her, und ich ging zu ihm. Er schloss seine Arme fest um meine Schultern, und als er mich losließ, sagte er mit absolut natürlicher, unangestrengter Stimme: Saids Restaurant war merkwürdig austauschbar, es sah exakt aus wie alle anderen Restaurants in dem Viertel, trägt sogar einen dieser gängigen, vokalreichen Namen – Aita, Elea, Amane –, ich bin dann in ein anderes Restaurant gegangen und wollte mich gerade setzen, als mir aufging, dass ich mich vertan hatte. Wenigstens war der Laden voll, sollte Said darin investiert haben, dann hätte er sein Geld gut angelegt.

Ich nickte, begann mich endlich zu entspannen, während ich zuhörte, die Erklärung für sein kurzes Erscheinen im Restaurant war absolut plausibel, der Name war tatsächlich knapp und vokalreich, tatsächlich glich es anderen Restaurants in dem Viertel aufs Haar, da konnte man sich leicht vertun. Und Said investierte immer wieder in irgendwelche Projekte, im Gegensatz zu Tomas wusste ich noch, dass er sich vor Jahren in ein neues Restaurant eingekauft hatte, so dass er sich mit Freunden in seinem eigenen Laden zum Lunch treffen konnte, dergleichen war absolut typisch für Said.

Beruhigt und fast schwindelig vor Erleichterung, lachte ich und fragte, was mit dem Dinner sei. Zum Kochen ist es zu spät, gehen wir irgendwo essen? Ich umschloss sein Gesicht mit den Händen, die er lächelnd küsste, er schien ganz er selbst zu sein. Es war lange her, ging mir auf, dass wir einander so genau angesehen hatten, dass ich sein Gesicht so aufmerksam und eingehend gemustert hatte. Ich fuhr fort, Tomas zu betrachten, so lange, bis er fragte, ob alles in Ordnung sei. Ich bejahte, sagte, ich würde ihn schlicht lieben. Er küsste mich und schlug das Restaurant an der Ecke vor, das sei am einfachsten. Ich nickte, ich bat um zehn Minuten, dann sei ich so weit.

Ich ging ins Bad und spritzte mir Wasser ins Gesicht. Ich schwitzte, im Winter war es immer viel zu warm im Apartment, unsere vielen Anrufe bei der Hausverwaltung hatten daran nichts ändern können. Ich zog den Pullover aus und stellte mich vor den Spiegel, meine Haut war sonderbar fleckig, ich bot einen abstoßenden Anblick. Es geschah immer öfter, dass ich von der Person überrascht wurde, die ich im Spiegel sah, was weder an den Falten neben meinem Mund lag noch an meinen eingesunkenen Augen, am stärksten irritierte mich das verspätete Wiedererkennen, der kurze Moment, in dem ich nicht wusste, wer ich war. Ich legte frisches Make-up auf und kehrte ins Wohnzimmer zurück. Tomas saß mit einem weiteren Drink in seinem Lieblingssessel, mir kam der Gedanke, dass wir drauf und dran waren, Alkoholiker zu werden. Ich fragte, ob wir aufbrechen wollten, und er brummte und leerte das Glas, bevor er sich erhob.

Als ich vor der Tür den Mantel anzog, half er mir, den Schal um meinen Hals zu legen, es war der Schal, den ich zum Lunch mit Xavier getragen hatte, Tomas hatte ihn auf einer gemeinsamen London-Reise spontan für mich gekauft. Ich wandte mich zu ihm um, er ließ die Hand auf dem Schal liegen, griff fester hinein, als würde er sich an damals erinnern – als würde er der Erinnerung eine besondere Bedeutung beimessen, ohne dass ich gewusst hätte, welche, ich hatte so gut wie keine Erinnerungen an die Reise. Ich sah ihn überrascht an, und er fragte fast hauchend: Du betrügst mich doch nicht wieder, oder? Nein, flüsterte ich sofort, und bei diesen Worten erfüllte mich leise Angst. Er nickte und sagte: Verzeih mir, dass ich das angesprochen habe, und er hielt mir die Tür auf, und wir gingen hinaus.

3

NUN WUSSTE ICH mit Gewissheit, dass ich im Restaurant von Tomas entdeckt worden, dass er deshalb so abrupt verschwunden war, im Glauben oder in der Befürchtung, Zeuge meiner Untreue geworden zu sein. Nur wusste ich nicht, wie seine Frage zu verstehen war, die er auf eine sowohl direkte als auch quälend rätselhafte Art gestellt hatte, zusammenhanglos und ohne weitere Erklärungen, obendrein hatte er weder nachgebohrt noch zusätzliche Beteuerungen verlangt. Wieso war er im Restaurant nicht an unseren Tisch getreten, um sich zu erkundigen, warum ich dort saß und mit wem? Hatte er auf den ersten Blick begriffen, dass ich unentdeckt bleiben wollte, war für ihn daraufhin so eindeutig gewesen, was die Szene – Xavier und ich beim Lunch – zu bedeuten hatte, war dies für ihn so schmerzhaft gewesen, dass er nicht hatte fragen mögen?

Hatte er, indem er gegangen war, verdrängen wollen, was auf der Hand gelegen hatte? Unser Verstand – selbst ein so scharfer und tiefschürfender wie der von Tomas – greift stets nach der naheliegendsten Erklärung, gemäß dem Prinzip von Ockhams Rasiermesser ist die einfachste Erklärung in den meisten Fällen die zutreffende. Was Tomas – und den Kellner wie auch das mittelalte Paar am nahen Tisch –, was alle zu einer falschen Schlussfolgerung hatte gelangen lassen, war die Intensität, die zwischen Xavier und mir in der Luft gelegen hatte.

Ihr Ursprung bestand im Ungleichgewicht unserer jeweiligen Wünsche. Zwischen Menschen, die das Gleiche wollen, herrscht keine so hohe Intensität wie zwischen Menschen mit Wünschen, die voneinander abweichen, und wenn die Wünsche einer Person ins Leere, in eine Abwesenheit laufen – wie bei Xavier, der etwas von mir wollte, das ich nicht zu geben vermochte. Und nicht allein das – was er von mir wollte, war mir ein Rätsel, das Verlangen, das ihn umtrieb, hätte für mich, wäre ich darauf eingegangen oder hätte mich stillschweigend darauf eingelassen, eine Bedrohung dargestellt. Tatsächlich hatte ein Konflikt zwischen uns in der Luft gelegen, ein Konflikt und eine Intensität, die fälschlicherweise als sexuelles Verlangen aufgefasst worden waren, zumal niemand ohne weiteres die Hintergründe dessen erfasst hätte, was sich in jenem Moment tatsächlich zwischen uns abgespielt hatte.

Nach der Begebenheit im Restaurant hatte sich zwischen Tomas und mir etwas verändert. Nicht, dass eine Fassade weggebrochen wäre oder dass wir uns bis dahin Illusionen hingegeben hätten – unsere Ehe war definitiv nicht oberflächlich oder bloßer Schein –, stattdessen war es die Kernsubstanz unserer Beziehung, ummantelt von einer gemeinsamen Lebenswirklichkeit, die sich veränderte. Man zieht an den Stricken, die an einer Statue befestigt sind, man zieht, und nichts geschieht, und dann zieht man wieder und wieder, und das ganze Ding kippt um.

Folgendes hatte sich zugetragen. Zwei Wochen vor der Verabredung zum Lunch mit Xavier war ich im Theater. Ich saß in den Rängen und sah Josie und Clarice beim Proben zu, es war eine komplexe Szene, an der sie schon eine Weile gearbeitet hatten. Ich weiß noch, dass ich sehr aufmerksam zuschaute, während sie sich durch die Szene kämpften und einzelne Stellen analysierten, bis das Gesamtbild zutage trat, und was sich hier tat, war ein kleines Wunder. Ich begann, sowohl die Zeit als auch die Außenwelt zu vergessen. Gegen Ende der Probe, kurz bevor Anne eine Pause verkündete, wurde ich mir eines jungen Mannes bewusst, der ganz hinten im Gang stand und zuschaute.

Da sah ich Xavier zum ersten Mal. Er war eine beeindruckende Erscheinung, also nahm ich an, er wolle Anne sprechen, vielleicht ging es um ein gewöhnliches Treffen, vielleicht auch um etwas Konkreteres, etwa eine Rolle. Lou stand sofort auf und ging zu ihm, und ich weiß noch, dass mir der Gedanke kam, er werde sogar ohne großes Talent einen gewissen Erfolg erzielen, sein Gesicht war wie geschaffen dafür, betrachtet zu werden. Andererseits wirkte er verlegen, ja schüchtern, und als er meinen Blick bemerkte, schrak er sichtlich zusammen.

Ich lehnte mich zurück und richtete meine Aufmerksamkeit wieder auf Josie und Clarice. Die Kniffligkeiten ihrer Probe fesselten mich, als hätte ich sie ohne Unterbrechung mitverfolgt, ich hatte mit beiden auf der Bühne gestanden, bezweifelte jedoch, dass die zwei schon einmal zusammengearbeitet hatten. Ich bemerkte die starke gegenseitige Faszination und Bewunderung, ihre jeweilige Neugier, und dennoch war eine Rivalität spürbar, die das Potenzial hatte, in Gegnerschaft umzuschlagen, das lag an der Natur unserer Arbeit, sie brachte eine flüchtige, rasch wechselnde Intimität mit sich. Zusätzlich zu der Geschichte, die das Stück erzählte, der von Josie und Clarice gespielten Geschichte, wurde ich somit Zeugin des Dramas zwischen zwei Frauen, die sich manchmal umtanzten wie Preisboxerinnen, argusäugig und in einer Pose ständiger Taxierung.

Es spielen sich stets zwei Geschichten parallel ab, die Erzählung innerhalb des Stücks und die Erzählung darum herum, und die Grenze zwischen beiden ist durchlässiger, als man meinen könnte, genau darin liegen das Risiko und die Spannung einer Aufführung. Die Luft wird dünn, die Sinne schärfen sich, der Widerhall ist übermächtig. In dieser Situation war ich selbst oft gewesen und verfolgte die Probe daher wie gebannt, war fast übermenschlich hoch konzentriert, ein Zustand, aus dem ich herausgerissen wurde, als Lou, Annes Assistentin, mich am Arm berührte. Just in diesem Moment rief Anne eine Pause aus, und die Energie im Raum verpuffte, die Aufmerksamkeit flaute ab.

Er ist hier, um dich zu sprechen.

Sie zeigte auf Xavier. Mich?, fragte ich und stand neugierig auf. Ich ging zu ihm, und er kam sofort auf mich zu und stellte sich vor. Ich gab ihm etwas verständnislos die Hand, er sagte, er freue sich sehr, mir zu begegnen, und ergänzte, die Situation sei wohl etwas merkwürdig. Ich wusste nicht, was das heißen sollte, nickte aber und fragte, was ich für ihn tun könne. Ich zeigte mich von meiner distanziertesten Seite, jene Seite, die etwas von einer Bankmanagerin oder Hotelconcierge hat, sein Auftauchen verwirrte mich, ich kannte ihn nicht, wusste auch nicht, woher er erfahren hatte, dass ich heute im Theater wäre. Xavier erklärte, was er mir zu sagen habe, sei heikel, heikel, aber wichtig. Er verstummte kurz, sagte dann, er stelle sich ganz idiotisch an. Aber er frage sich, ob ich Lust hätte, mit ihm einen Kaffee zu trinken. Jetzt. In der Pause. Diese dauere – er schaute zu Anne, die uns zu beobachten schien, und ich überlegte, ob sie diesen jungen Mann kannte, ob das des Rätsels Lösung war – dreißig Minuten, habe sie gesagt, korrekt? Wir könnten in die Lobby gehen, in das dortige Café.

Ich bemerkte, wie Josie und Clarice, auf je einer Seite der Bühne stehend, in meine Richtung blickten, beide wirkten so gequält wie entschlossen, und ich wusste, jede würde mit mir über die jeweils andere sprechen wollen, eventuell um Rat bitten, vor allem aber, um Frust und Bedenken abzulassen. Ich sah Josie aufstehen und entschied, dieser heiklen Situation und den damit verbundenen Verwicklungen auszuweichen, ich wollte nicht zwischen Hammer und Amboss geraten, daher sagte ich: Ja, gehen wir. Xavier stand die Überraschung ins Gesicht geschrieben – was mir verriet, dass er meine Einwilligung nicht erwartet hatte –, sogar eine leise Furcht, als wüsste er plötzlich nicht mehr, ob er mit mir tatsächlich über den Grund für sein Kommen sprechen wollte. Ich konnte über seine Schulter sehen, wie Josie eine Hand hob, als wollte sie mir ein Zeichen geben, hakte mich kurz entschlossen bei Xavier unter und lenkte ihn durch den Gang zur Tür.

Das leise Schmatzen, mit dem sich die Doppeltür schloss. Im Theater war es nicht laut gewesen, und doch herrschte in der Lobby tiefe Stille. Hat das Café auf?, fragte ich, und er nickte. Schön, sagte ich, gehen wir. Wir gingen schweigend über den dicken Teppichboden der Lobby, der unsere Schritte bis zur Lautlosigkeit dämpfte, wir schienen in eine andere Welt eingetreten zu sein. Ich bat Xavier, sich zu setzen, ging zum Tresen und bat um zwei Kaffees. Während die Frau unsere Getränke zubereitete, betrachtete ich den jungen Mann. Er saß an einem Tisch am Fenster, etwas krumm und mit angespannter Miene. Hier war es hell, und ich fand meinen ersten Eindruck bestätigt, er sah gut aus, vielleicht zu gut – seine Züge würden ein Verlangen wecken, das sich am Ende gegen sich selbst richtete, zu intensiv wäre, um ihm nützlich zu sein, ich hatte derlei Männer und Frauen gekannt.

Ich nahm die Kaffees entgegen und setzte mich ihm gegenüber an den Tisch. Er sah mich an, und zu meiner Überraschung wirkte er auf einmal, als führte er etwas im Schilde. Ich war sofort auf der Hut, vielleicht glaubte er, ich könnte ihm zu einem Job verhelfen, wollte mich möglicherweise bitten, bei Anne ein gutes Wort für ihn einzulegen, ich hatte das sichere Gefühl, er würde versuchen, mich zu instrumentalisieren. Ich hätte fast gelacht. Er war jung, es war anzunehmen, dass er sich bis jetzt durchs Leben geschlagen hatte, indem er alle um den Finger gewickelt hatte, angefangen mit seinen Eltern bis hin zu Babysittern und Lehrern, eine früh entwickelte Gewohnheit. Dummerweise passte ich in keine Rolle, war weder jung genug, um Gegenstand romantischer Absichten zu sein, noch neigte ich zu mütterlichen Gefühlen.

Wie sich herausstellen sollte, wurde das von anderen nicht so gesehen. Gut möglich, dass sich eine Neunundvierzigjährige in einen Fünfundzwanzigjährigen verliebte, denkbar sogar, dass ein Fünfundzwanzigjähriger einer Neunundvierzigjährigen verfiele. Vielleicht wusste ich das, verdrängte es jedoch, vielleicht schloss ich diese Möglichkeit, die uns beiden bewusst zu sein schien, deshalb umgehend aus. Ich merkte, ich war auf der Hut, was er zu spüren schien, denn er entschied sich für eine andere Taktik. Er sank auf den Stuhl zurück und sagte, was er mir mitzuteilen habe, höre sich sicher verrückt an, er entschuldige sich im Voraus dafür, es so stümperhaft zu kommunizieren, nur sei es unter dem Strich nicht anders möglich, er habe gute Gründe zu der Annahme, wir seien miteinander verwandt.

Ich sah ihn verständnislos an. Und wie?

Ich denke, du bist meine Mutter.

Ich glaubte, mich verhört zu haben. Dann lachte ich, um meiner Verblüffung Luft zu machen. Tut mir sehr leid, sagte ich, aber das kann nicht sein.

Darf ich ausreden?, fragte er. Und seine Augen strahlten so intensiv, dass ich kurz verstummte. Er fuhr fort. Meine Eltern haben mir von meiner leiblichen Mutter erzählt. Nicht viel, aber ein paar Details – der Geburtsort meiner Mutter, wo sie zur Schule gegangen ist, ihr Berufsfeld.

Ja, aber …

Und dann habe ich ein Porträt von dir gelesen, fuhr er fort, in dem es hieß, du hättest vor längerer Zeit ein Kind fortgegeben. Ich betrachtete ihn voller Unbehagen, wusste sofort, was er meinte, vor Jahren hatte ich ein Interview gegeben, in dem ich eine Abtreibung erwähnt hatte, lange vor meiner Heirat mit Tomas. Das Schweigen, das diesbezüglich geherrscht hatte, war belastend gewesen, der höfliche Umgangston in Gesellschaft schien es zu verbieten, einen Schwangerschaftsabbruch anzusprechen, wenn ich davon erzählte, verstummten die Leute oder wechselten das Thema, was mir das Gefühl gab, etwas erzählt zu haben, vor dem sie lieber die Ohren verschlossen.

In Gegenwart meines damaligen Partners verstärkte sich

das Unbehagen anderer, man verhielt sich, als meinte man, kondolieren zu müssen, schien dann zu begreifen, wie absurd dieser Impuls war, und ließ den Blick zwischen uns in mittlere Entfernung gleiten, was das unangenehme Gefühl in mir weckte, direkt hinter uns würde der Geist eines ungeborenen Kinds in der Luft schweben. Einerseits hatten die Leute bestimmte Prinzipien, andererseits gab es eine instinktive Reaktion, die verlangte, das Thema müsse abstrakt, vor allem aber privat bleiben, und diese zweite Reaktion erfuhr ich im Laufe der Jahre immer wieder in unterschiedlichen Kontexten.

Gut möglich, dass ich in dem Interview aus diesem Grund offen über meine Abtreibung gesprochen hatte, vermutlich war ich dumm genug gewesen zu glauben, es würde sich etwas ändern, wenn ich davon erzählte. Die junge Journalistin hörte mir aufmerksam und, wie ich glaubte, mit großer Anteilnahme zu, sie pflichtete mir bei, es sei ein Unding, dass Abtreibungen entgegen aller Bemühungen bis heute von einem solchen Schatten umgeben seien, sogar das Wort werde viel zu selten ausgesprochen. Und die Wortwahl zähle, die Art und Weise, wie ein Wort in der Gesellschaft umlaufe, in welchen Kontext es gesetzt, mit welcher Stimmung es verknüpft werde.

In ihrem Beitrag mied sie dann nicht nur das Wort *Abtreibung,* sondern verwendete obendrein eine Sprache, die, um das mindeste zu sagen, verwirrend war und offenbar bezweckte, die Realität des Eingriffs zu vernebeln, dem ich mich unterzogen hatte. Zu vernebeln oder gar totzuschweigen – ich wusste sehr wohl, wie ihre Formulierung *ein Kind fortgegeben* in gewissen Kreisen klingt, es hört sich nach einer

Adoption an, was wiederum den Wünschen von Konservativen entgegenkommt, ein lebendiges Kind auf der Welt. Ich beließ es dabei. Ich hätte Korrekturen verlangen können, aber die Sprache blieb vage, und niemand – jedenfalls niemand, den ich kannte oder dem ich begegnete – schien den Eindruck gewonnen zu haben, ich hätte ein Kind zur Adoption freigegeben, so war es bis heute niemandem ergangen, und nun Xavier.

Ich musterte ihn, die mögliche Quelle seines Irrtums erahnend, die Sache war nun einleuchtender, wenn auch nicht in jeder Hinsicht, sie blieb ein Rätsel, er schien sich einer massiven Illusion hinzugeben oder ein Gauner zu sein, entweder dies oder das. Er fuhr fort: Obendrein stimmen Zeitpunkt und Alter. Und ich hatte den Eindruck – hier bemerkte ich einen ebenso merkwürdigen wie flüchtigen Gesichtsausdruck, der sein Ass im Ärmel anzukündigen schien –, dass ein gewisses Bedauern über deine Entscheidung aus dem Interview hervorging.

Er verstummte. Ich bemühte mich, mir den Text der Journalistin in Erinnerung zu rufen, sie hatte zweifellos suggeriert, dass ich meine angebliche Entscheidung bedauerte, was auch sonst? Es war nur ein Gefühl, eine Eingebung, fuhr er fort, aber weißt du, was habe ich schon zu verlieren? Fragen schadet nicht, dachte ich. Er beugte sich vor. In diesem Moment nahm ich sein Gesicht zum ersten Mal bewusst wahr, anfangs hatte ich eher flüchtig hingeschaut, und musste mir zerknirscht eingestehen, dass ich ihn unter anderem deshalb sofort als attraktiv eingestuft hatte, weil es markante Ähnlichkeiten zwischen uns gab. Wir hatten eine ähnliche Hautfarbe, es stellte sich die Frage der ethnischen Herkunft, möglicherweise wären sogar vergleichbare individuelle Züge zu entdecken. Eine Ähnlichkeit existierte, nur hatte sie nicht die von ihm gewünschte Bedeutung.

Er lehnte sich leise aufatmend auf dem Stuhl zurück. Es war eine deutlich expressive Bewegung – das Flattern der Lippen beim Ausatmen, das kurze Absacken der Schultern, bevor er sich Stück für Stück aufrichtete –, die ich aber nicht zu deuten wusste. Er tat mir irgendwie leid. Dann jedoch, als er sich erneut vorbeugte und die sowohl verletzliche als auch gewinnende Miene einer Person aufsetzte, die es gewohnt war, ihren Willen zu bekommen, wurde mir mit wachsendem Entsetzen bewusst, dass ich genau diese Geste oft bei meiner Arbeit ausgeführt, besser gesagt eingesetzt hatte. Es hatte sogar eine Zeit gegeben, da war sie eine Art Marotte gewesen, eine Abfolge von Bewegungen, auf die ich zurückgriff, wenn ich nicht wusste, wie ich eine Szene beenden sollte, wenn ich unschlüssig war, was in einem bestimmten Moment in einem Charakter vor sich ging, oder wenn der Text so dürftig war, dass man den Worten zusätzliches Gewicht verleihen musste, damit sie an Wucht gewannen.

Tomas hatte mich darauf hingewiesen, auf seine sowohl sanfte als auch dezidierte Art, und obwohl ich es bestritt – vielleicht war ich sogar aufgebraust, wer möchte schon vorgeführt werden –, verzichtete ich von da an darauf. Ein Vorzug meines Berufs besteht darin, dass ich meinen Körper komplett unter Kontrolle habe und Disziplinreserven anzapfen kann. Nur hatte ich die Geste damals bereits durch drei oder vier Filmauftritte verewigt. Nicht, dass sie jemandem aufgefallen wäre, kein Regisseur hatte mich je beiseitegenommen und mir nahegelegt, es zu unterlassen, das hauchende Ausatmen zu unterlassen, das Absenken der Schultern und das nachfolgende Aufrichten zu unterlassen (das natürlich ein Sammeln von Kraft und Kampfgeist suggerieren sollte, unter dem Strich und bei Licht betrachtet, war es eine schauderhaft platte Marotte).

Ich stellte mir vor, wie dieser junge Mann meine alten Filme schaute, um alle Gelegenheiten aufzuspüren, bei denen ich diese Geste ausführte, peinlicherweise in denkbar unterschiedlichen Szenen und Genres, Tatsache war, ich hatte sie beharrlich eingesetzt, weit öfter als drei- oder viermal, wie ich bei genauerem Nachdenken zugeben musste, eine Zeitlang war sie fester Bestandteil des bescheidenen Repertoires jener Bewegungen und Reaktionen gewesen, auf die ich mich unbewusst gestützt hatte. Ich stellte mir vor, wie er jeden dieser Momente suchte, fand und isolierte, die Geste studierte und vor dem Spiegel nachvollzog, sie eingeübt hatte, bis er sie jetzt, bei dieser Konfrontation, einsetzen konnte. Außerdem begriff ich, weshalb sich mir der Sinn der Geste zunächst nicht erschlossen hatte – ich hatte sie in so vielen unterschiedlichen Kontexten gebraucht, dass sie abgenutzt und sinnentleert war.

Ich musterte seine Miene, diese war absolut neutral, als wäre ihm nicht klar, dass er soeben den kleinen Imitations-Trick angewandt hatte, und ich fragte mich ratlos, ob er es bewusst getan oder ob sich die Geste durch häufiges Anschauen schlicht von meinem in seinen Körper geschlichen hatte. Und wäre es eine bewusste Mimikry gewesen, so bliebe dennoch fraglich, ob er sie eingesetzt hatte, um mir vor Augen zu führen, dass zwischen uns tatsächlich eine Ähnlichkeit bestand, oder ob er glaubte, dass ich mir daraufhin einbilden würde, ihn wiederzuerkennen, ohne zu begreifen, wieso. War es das, oder handelte es sich um etwas vollkommen anderes? Um einen Einschüchterungsversuch, der mir demonstrieren sollte, dass er mich besser kannte, als ich geahnt hatte, dass er die Details meines Lebens und meiner Person bis in tiefste Tiefen vollständig ausgelotet hatte?

Als ich meine Tasse nahm, war sie lauwarm, und ich ließ die Hand in den Schoß sinken. Mein Herz raste. Die naheliegendste Erklärung lautete, dass er ein Betrüger war. Sollte das zutreffen, dann wäre er nicht nur ein Meister, sondern geradezu ein Genie seiner Kunst, dann würde er künstlerischer vorgehen, als nötig war, seine Kunst ausschließlich um der Kunst willen ausüben. Ich sah auf die Uhr hinter dem Tresen und stand auf, ich sagte, die Pause sei gleich vorbei, ich müsse ins Theater. Er stand auch auf, schien mir folgen zu wollen. Ich hob eine Hand. Nein, sagte ich entschieden. Ich bemerkte, wie die Frau hinter dem Tresen aufblickte. Das ist überflüssig, sagte ich. Die Journalistin hat mich missverstanden. Ich habe kein Kind geboren. Was du andeutest, ist undenkbar.

Ich wich mit ausgestreckter Hand zurück, drehte mich dann um und ging zum Theater. Ich bildete mir kurz ein, seine Schritte hinter mir zu hören, zu spüren, wie er meinen Arm packte, und erschrak. Auf dem dicken Teppichboden hätte ich seine Schritte aber nicht hören können, und mein Arm war nicht angefasst worden, es war schlicht meine lebhafte Fantasie. Ich öffnete die Tür des Theaters und trat ein. Ich blieb stehen, bis ich mich an das Dunkel gewöhnt hatte, an den neuerlichen Lärm des Ensembles. Den staubigen und süßlichen Geruch. Draußen war es still. Ich war insgeheim froh, den jungen Mann losgeworden zu sein, und dann wurde ich unwillkürlich von Bewunderung für seine Performance erfasst. Ich wusste zwar nicht genau, wozu sie gedient hatte, und dennoch war mir bewusst, dass sie erstklassig gewesen war.

Vielleicht lag es daran, dass ich nicht reagierte, als Anne einige Tage später erzählte, Xavier habe sich bei ihr gemeldet, sie habe ihm meine E-Mail-Adresse genannt, dass ich nicht einmal erwiderte, das hätte sie unterlassen sollen, und vielleicht lag es daran, dass ich, als er in einer E-Mail um ein Treffen bat, wider besseres Wissen, ja wider jede Vernunft einwilligte. Ich weiß noch, dass ich dachte: Wieso nicht. Ich kann mich an meine lebhafte Neugier erinnern. An sein Gesicht natürlich auch. Als ich das Theater wieder betrat und mich setzte, kam Anne auf mich zu und wollte wissen, wer er sei, und ich zögerte eine Sekunde und antwortete dann – warum nur? –, er sei schlicht ein Freund der Familie.

4

AUF MEINEN LUNCH mit Xavier folgte eine Woche ungewöhnlich tiefer ehelicher Harmonie, eine Phase, die ich später analysieren, die ich in Erinnerung behalten sollte. Seit Jahren hatte ich kein Gespür mehr für Tomas gehabt, für seine feinen Stimmungsschwankungen, die Kartografie seines Mienenspiels. Es wäre nicht übertrieben zu sagen, dass ich seine Gegenwart rundum genoss, seine Intelligenz und Güte neuerlich zu schätzen wusste. Was zweifellos daran lag, dass ich unsere Ehe zum ersten Mal seit Jahren als das sah, was sie tatsächlich war, etwas Fragiles, das nach wie vor getrübt oder gar zerstört werden konnte. Tomas wiederum verhielt sich im Grunde wie immer. Den Verdacht, ich könnte ihm untreu geworden sein, äußerte er nicht mehr, und trotz meines nach wie vor feinen Gespürs für ihn begann ich mich im Laufe der langsam verstreichenden Tage zu fragen, ob ich seine behutsame Frage falsch aufgefasst hatte. Anders als früher schien er keinen Anlass zu der Frage zu sehen, wo ich tagsüber gewesen war oder mit wem ich geredet hatte, er verhielt sich, als wäre zwischen uns beiden alles beim Alten.

Eine weitere Woche verstrich. Eines Morgens frühstückten wir wie gewohnt zusammen, und als ich mich anschickte, das Apartment zu verlassen, erklärte Tomas unvermittelt, mich begleiten zu wollen, er brauche frische Luft und wolle sich die Beine vertreten, bevor er mit dem Schreiben beginne.

Ich fände es schön, wenn er mitkäme, erwiderte ich, und er lächelte leise und zerstreut. Als er den Mantel anzog, merkte ich, dass er in Gedanken war, er schrieb gerade einen umfangreichen Essay für den Katalog einer Ausstellung zum tschechischen Kubismus. Ich betrachtete ihn zärtlich und streichelte seine Wange. Das riss ihn aus seinen Gedanken, und er nahm meine Hand, die er nicht losließ, während wir die Treppe hinuntergingen und in die kalte Luft hinaustraten. Ich weiß noch, ich war rundum, ja wunschlos glücklich. Der Weg von unserem Apartment zum Theater war nicht weit, und ich wünschte, er wäre länger, endlos lang, so dass wir Hand in Hand weitergehen konnten, ohne je ans Ziel zu gelangen.

Bald waren wir nur noch einen Block vom Theater entfernt. Tomas blieb stehen und sagte: Hier lasse ich dich allein. Und ich merkte, in seinem Denken hatte sich etwas gelöst, er war bereit, sich an den Schreibtisch zu setzen, der schweigsame Gang an der kalten Luft schien ihm gutgetan zu haben. Begleitest du mich noch bis zum Café?, fragte ich, doch er schüttelte den Kopf, er wollte den Kaffee lieber zu Hause trinken, ihn während der Arbeit neben sich stehen haben, was ich selbstverständlich wusste. Ich kehre besser heim, sagte er. Ich nickte und gab ihm etwas zaudernd einen Kuss und ging allein über die Straße.

Ein Radfahrer rauschte direkt vor meiner Nase vorbei, ich wich einen Schritt zurück, dann ging ich weiter, und vielleicht lag es an dem Nachhall meines Erschreckens, dass ich Xavier erst sah, als ich die andere Straßenseite erreichte. Er stand an der Ecke, die Hände in den Manteltaschen, sein Atem wölkte in der frostigen Luft. Er starrte mich an, seine

Haltung veranlasste mich zu der Frage, ob er schon lange dort gestanden, also auch mitbekommen hatte, wie ich Tomas geküsst hatte und fast mit dem Radfahrer kollidiert wäre.

Ich drehte mich nach Tomas um. Die Ampeln hatten umgeschaltet, ich war in letzter Sekunde hinübergegangen, nun herrschte auf der Straße dichter Verkehr, ein langsamer Bus, danach ein Taxi und ein Lkw. Zwischen den Fahrzeugen konnte ich Tomas auf der anderen Straßenseite sehen, er stand noch an der Ecke, hatte sich nicht vom Fleck gerührt. Xavier reckte den Hals, um meinen Blick zu verfolgen, und als ich weiterging, nickte er und fragte, ich war eben in Hörweite gelangt: Ist das dein Mann? Und er musterte mich mit seinen großen Augen, seine Miene wirkte entspannt.

Woher weißt du das?

Was?

Na, dass …

Ich drehte mich wieder um. Tomas war weg. Ich zog die Tür des Cafés auf und winkte Xavier hinein, zog die Tür hinter mir zu. Xavier betrachtete mich nachdenklich.

Nein, wusste ich nicht, sagte er schließlich.

Was wusstest du nicht?

Dass er dein Mann ist. Ich habe auf gut Glück gefragt. Aber es ist eine naheliegende Vermutung. Du hast in seinem Beisein sehr glücklich gewirkt. War er das im Restaurant? Neulich?

Ich sah ihn scharf an.

Warum fragst du?

Nur so.

Hast du mir aufgelauert?

Nein. Es war reiner Zufall.

Da ging die Tür auf, und zwei Frauen traten ein, und wir wichen aus, um sie durchzulassen. Xavier lenkte mich von der Tür zur Schlange von Kunden, indem er mir behutsam eine Hand auf den Rücken legte. Er räusperte sich, dann sprach er wieder.

Du solltest wissen, dass Anne mir einen Job angeboten hat.

Ich verspürte eine leise Bestürzung und schüttelte den Kopf.

Wie …

Ich wollte es beim Lunch erzählen, aber du bist zu früh gegangen, außerdem warst du abgelenkt, weißt du noch? Er beugte sich vor, als wollte er mir behilflich sein, als wollte er meiner Erinnerung auf die Sprünge helfen.

Ja, ich weiß noch.

Er verstummte, wir konnten bestellen. Er wies auf die Frau hinter dem Tresen. Was möchtest du?

Ich sah die Frau an. Einen Americano. Xavier reckte drei Finger, und die Frau nickte und gab die Bestellung ein. Bevor ich reagieren konnte, hatte er mich weitergeschoben und bezahlte trotz meiner Einwände. Ich hole auch einen für Anne. Außerdem ihr Sandwich zum Frühstück. Er lächelte trocken. Sind Spesen, sagte er, und ich nickte und ging zum anderen Ende des Tresens. Er folgte mir, und wir standen da, bis ich das Schweigen brach.

Anne hat dir einen Job angeboten? Warum denn? Hast du darum gebeten?

Nein. Du weißt ja, ich hatte ihr eine E-Mail geschickt, und in ihrer Antwort schrieb sie, sie suche einen neuen Assistenten, und fragte, ob ich Interesse hätte. Ich wusste, das stimmte, Lou hatte kürzlich gekündigt, weder kannte ich die genauen Gründe noch interessierten sie mich, Anne stand in dem Ruf, schwierig zu sein, was sich allerdings einem Verhalten verdankte, das man im Falle eines männlichen Regisseurs nicht weiter beachtet hätte. Ich habe um das Treffen zum Lunch gebeten, fuhr Xavier fort, um dich rechtzeitig über meine Anstellung zu informieren und zu verhüten, dass zwischen uns steht, was ich bei unserer ersten Begegnung zu dir gesagt habe. Ich wollte sicherstellen, dass du kein Problem damit hast.

Die Frau stellte unsere Kaffees auf den Tresen, und Xavier nahm alle drei mit geübter Bewegung an sich und trug sie zum Tisch mit Zucker, Milch und Deckeln. Ich stellte verblüfft fest, dass wir in gewisser Weise die Rollen getauscht hatten, Xavier hatte mich schlicht über seinen neuen Job informieren wollen, um unguten Gefühlen oder einem Unbehagen vorzubeugen, plötzlich war ich es, mit der die Fantasie durchgegangen war. Schwarz?, fragte er über die Schulter, was mich ärgerte, denn er hatte recht, und es passte mir nicht, dass er recht hatte. Er drückte die Deckel auf die Becher, reichte mir einen und sagte: Gehen wir gemeinsam zum Theater?

Er klang nachsichtig, und hätte ich erklärt, meine Ruhe haben oder kurz im Café bleiben zu wollen, um vor der Probe meine Gedanken zu ordnen, dann hätte er das wohl akzeptiert, und möglicherweise stimmte ich genau deshalb zu. Er lächelte aber nur, zeigte sich beflissen. Kein Vergleich mit dem unsicheren jungen Mann, dem ich vor gerade einmal einer Woche begegnet war, er war wie verwandelt. Als er mir die Tür aufhielt, merkte ich, dass er seine Rolle als Assistent verinnerlicht hatte oder von dieser aufgesogen worden war, dass er wie neulich, als er den verlorenen Sohn gemimt hatte, eine sorgsam einstudierte Rolle spielte. Wie ein Schauspieler, der nach einem missratenen Vorsprechen weitermacht, eine Rolle ablegt, für die er nicht geschaffen ist, und eine neue Chance sucht.

Wir traten ins Freie, ich blickte mich um, aber Tomas war natürlich nicht mehr in Sicht. Ich holte mein Handy hervor und schrieb ihm eine Nachricht, wünschte ihm einen schönen Tag. Danach konnte ich nicht länger zögern und brach mit Xavier zum Theater auf, beide mit unserem Kaffee, hielt jedoch Abstand. Anfangs empfand ich es als so natürlich, mit ihm unterwegs zu sein, dass ich mich dafür schämte, ihm unterstellt zu haben, er hätte mir an der Ecke aufgelauert, eine Unterstellung, die mir jetzt befremdlich vorkam.

Andererseits wusste ich kaum etwas, meine Unterstellung war also kaum weniger befremdlich, tatsächlich sogar sehr viel weniger befremdlich als das, was er neulich im Theater an mich herangetragen hatte, und ich rief mir seine Worte ins Gedächtnis, führte mir unsere Gespräche im Theater-Café und im Restaurant vor Augen. Die Erinnerung kehrte rasant zurück, begleitet von einem Gefühl der Unwirklichkeit, und ich fragte mich unwillkürlich, ob ich sein bizarres Anliegen missverstanden, falsch aufgefasst oder sogar verkehrt in Erinnerung hatte. Die relative Einträchtigkeit, die in diesem Moment zwischen uns herrschte, konnte ich mit den Misstönen im Café und im Restaurant jedenfalls nicht in Einklang bringen. Es war ihm geglückt, die extreme Spannung zwischen uns durch seine natürliche Art zu entschärfen, und mir schien, dass es ihm nach anfänglichem Scheitern nur allzu gut gelungen war, mir jene Realität aufzuzwingen, die ihm selbst vorschwebte.

Die Journalistin hat mich damals missverstanden, sagte ich nun zu Xavier. Ich mochte das Thema doch nicht auf sich beruhen lassen, verspürte den Wunsch, zum Ausgangspunkt zurückzukehren, ihn zu zwingen, sich ein weiteres Mal damit zu befassen. Besser gesagt hat sie die Tatsachen falsch dargestellt, sagte ich. Ich habe nie ein Kind geboren, ich bin kinderlos. Als ich sagte, dass es undenkbar ist, meinte ich das absolut ernst.

Verstehe, sagte er. Er klang durch und durch vernünftig, überhaupt nicht wie jemand, der sich an einer Wunschvorstellung festgebissen oder gar danach gehandelt hatte. Obendrein schienen ihm meine Worte gleichgültig zu sein, er schaute beim Gehen stur geradeaus, obwohl mein eindringlicher Blick auf ihm ruhte. Ich meinte, eine flüchtige Betroffenheit zu bemerken, und begriff, dass er sich für mich schämte. Nach geraumer Zeit fragte er übertrieben höflich: Du wolltest keine Kinder?

Obwohl diese Frage dreist, ja sogar übergriffig war, antwortete ich. Schwer zu sagen, wie es war, damals glaubte ich zu wissen, was ich wollte und was nicht, aber mit zunehmendem Alter sind die Dinge komplizierter geworden. Wir haben nie ausführlich über dieses Thema diskutiert, fuhr ich fort. Tomas und ich, meine ich, genau genommen war es keine bewusste Entscheidung, es hat sich so ergeben. Ich verstummte. Viele Leute sprachen über Kinder, als wären diese etwas, das man plante, sie bedachten nicht, dass auch Kinderlosigkeit geplant, anders gesagt weder eine Lücke noch ein Mangel war, auch sie war auf dieser Welt eine Realität eigenen Rechts.

Ich warf Xavier einen Blick zu und lachte auf. Als ich schließlich ernsthafter darüber nachzudenken begann, sagte ich, war es zu spät, war ich zu alt.

Und dein Mann?

Was Tomas sich erhofft oder nicht erhofft hatte, ging ihn nichts an. Tatsächlich kannte ich Tomas' Wünsche genau, und zwar aufgrund einer Erfahrung, die ich stets eisern für mich behalten hatte und die lange … nicht unbedingt für Furcht, aber für Unentschlossenheit gesorgt hatte. Folgendes geschah, ich wurde ein zweites Mal schwanger, brach die Schwangerschaft aber nicht ab, sondern erlitt in der elften Woche eine Fehlgeburt. In dem Stadium war das gravierend, ich hatte danach mit Schmerzen zu kämpfen und musste nicht nur ein-, sondern gleich zweimal ins Krankenhaus.

Und obwohl es keine Kleinigkeit war, den Fötus oder Embryo oder das Gewebe abzustoßen, obwohl allein die für ein solches Lebewesen zur Wahl stehenden Bezeichnungen demonstrierten, wie belastend und einschneidend die Erfahrung war, dass sie sich nicht ohne weiteres vergessen ließ, im Gegenteil, sie war eine der gravierendsten Erfahrungen meines Lebens, ich wusste bis heute nicht, was ich davon halten sollte, vorübergehend ein totes Lebewesen in mir getragen zu haben – trotz alledem blieb mir jahrelang ein Gespür für die zwei Monate zwischen dem positiven Test und der Fehlgeburt erhalten, zwei Monate, in denen ich weder beschloss, das Baby zu behalten, noch entschied, die Schwangerschaft abzubrechen, in denen die Geschichte unserer Ehe eine Wendung hätte nehmen können.

Man könnte zwar meinen – manchmal kam selbst meine eigene Erinnerung an den Verlauf der acht, neun Wochen ins Wanken –, es wäre eine Phase der Erneuerung oder der Hoffnung gewesen oder welchen Begriff auch immer man auf diese Frühphase der Schwangerschaft anwenden mag, selbst auf eine ungeplante, zufällige, tatsächlich sah es jedoch ganz anders aus, war eine Phase der Verschlossenheit, in deren Verlauf sich weder Tomas noch ich absolut offen, absolut ehrlich zu unseren Gefühlen und Wünschen bekannten, weder voreinander noch vor uns selbst.

Acht bis neun Wochen. Genug Zeit, damit sich eine andere Realität etablieren konnte, und doch zu wenig Zeit, um die Nähte, die unser altes Leben zusammenhielten, zur Gänze aufzutrennen. Obwohl ich hin- und hergerissen war, spürte ich, wie meine Vorstellungskraft daran arbeitete, sich diese neue Perspektive anzueignen, spürte ich, wie sie neue Sichtweisen erprobte und erkundete, sich verrenkte, um ganz neue Positionen einzunehmen, all dies bis zur Überforderung. Die Vorstellung, ein Baby zur Welt zu bringen, ein Baby, das mir gehörte – nein, das war das falsche Wort, es war zu besitzergreifend, deutete eine Beziehung an, die ich nicht im Sinn hatte, mit niemandem führen wollte – besser ein Baby, mit dem mich etwas verband. Am äußersten Rand meines Blickfelds erhaschte ich hin und wieder Blicke auf eine Welt, die sich von jener, in der ich mich in diesem kritischen Moment bewegte, so massiv unterschied, dass sie kaum zu erfassen war.

Tomas dagegen. Mit Tomas verhielt es sich anders, er konnte sich eine solche Welt problemlos vorstellen, darin hatte er Übung. Für Tomas war diese neue Welt nur einen

Wimpernschlag entfernt, ich nehme an, er musste bloß blinzeln, um sie vor Augen zu haben. Für Tomas schien diese Welt während jener zwei Monate in greifbarer Nähe zu liegen. Er war sich meiner ambivalenten Haltung bewusst, achtete also darauf, die unangemessen überschwängliche Euphorie zu verbergen, die ihn auf Schritt und Tritt begleitete. Erst da wurde mir bewusst, wie sehr er sich ein Kind erhofft hatte, und die Mühe, die er sich gab, um dies vor mir zu verbergen, teils aus Rücksichtnahme, teils aus Beschämung über seinen brennenden Wunsch, schmerzt mich bis heute.

Trotzdem lud er keine zwei Wochen nach dem positiven Test heimlich eine App auf sein Handy, die anzeigte, wie groß der Embryo war, als Vergleich dienten Früchte – Blaubeere, Kumquat oder gar Ananas, obgleich das Ananasformat nie erreicht wurde, nicht einmal das Zitronenformat, die ganze Sache endete als Feige. Bis dahin, wahrscheinlich bis zum letzten Tag, verfolgte er die Entwicklung des Embryos auf der App, im Stillen darüber staunend, wie dieser täglich in mir wuchs, wie sich die Zellen teilten und vermehrten, und all das erfüllte ihn mit einer Ehrfurcht, die er, wie er zu glauben schien, mit mir nicht teilen konnte. Er verheimlichte mir auch, dass er das Risiko einer Fehlgeburt kalkulierte, dies tat er stets am späten Abend, es waren Kalkulationen, die immer umfangreicher wurden, er verfolgte die Entwicklung des Embryos beharrlich und, wie ich betonen möchte, gleichfalls im Geheimen, bis er nach einiger Zeit zu glauben begann, das Risiko sei auszuschließen, seine Hoffnung werde nicht enttäuscht, ein Glaube, der die Ängste, die ihn quälten, verfliegen, jedenfalls abflauen ließ.

All das behielt er mehr oder weniger für sich selbst, und

nach der Fehlgeburt hätte jedes Gespräch darüber, egal welcher Art, unsere Ehe noch stärker belastet. Die App mit ihren eigentümlich reizlosen Bildern entdeckte ich allerdings schon, als ich noch schwanger war. Sein Handy lag auf dem Küchentresen, und als ich es nahm, sah ich die geöffnete App mit den Pastelltonbildchen und Ausrufen. Ich legte das Handy umgehend wieder weg. Ich hatte seine Privatsphäre noch nie so verletzt, obgleich ohne Vorsatz, früher hatte ich manches getan, was übergriffiger gewesen war, hatte seine Gespräche belauscht und mehrmals an ihn gerichtete Nachrichten gelesen, nur hatte sich das banaler angefühlt, vielleicht, weil ich nichts Verdächtiges gefunden hatte, nichts, was unsere Beziehung oder gar Tomas selbst in Frage gestellt hätte, so dass ich mich am Ende zwar etwas schämte, aber wenigstens beruhigt war.

Die Sache mit der App war, wie gesagt, etwas anderes, ich hatte das Gefühl, meinen Mann in der Kleidung einer fremden Person ertappt zu haben, ich vermochte die Ernsthaftigkeit, die den Kern seines Wesens bildete, seinen ästhetischen Geschmack nicht mit den Erbsenschoten und Kirschen in Einklang zu bringen, die über das Display hüpften, wenn ich mich nicht irre, gab es sogar Funkenregen und Konfetti. Lächerlich, dergleichen mit einer Schwangerschaft in Verbindung zu bringen. Ich erinnerte mich an sein Verhalten während jener Wochen, er hatte ungewöhnlich viel Zeit am Handy verbracht, das Gerät mit einer geradezu zärtlichen Intensität gehandhabt, keineswegs mit der sonst üblichen Besorgnis und Gereiztheit, mit der er sich durch Nachrichten oder seine digitale Post gescrollt hatte. Ich begriff, er war der Zuckerwatte-Welt der App mitsamt ihres Eiteiteis verfallen, er benutzte die App nicht trotz, sondern wegen der Ästhetik.

Schlussendlich tat das nichts mehr zur Sache, denn ich hatte Schmerzen, und dann blutete ich, und wenn ich mit anderen Frauen darüber sprach, behaupteten diese meist, geahnt oder gespürt zu haben, dass etwas im Argen liege, man erleide eine Fehlgeburt, weil mit dem Baby etwas nicht stimme, nur hatte ich weder etwas geahnt noch gespürt, schließlich wäre ich nur einmal in meinem Leben so lange schwanger, nie wieder würde mein Körper über einen so langen Zeitraum ein fremdes Geschöpf in sich bergen. Es waren bloß zwei Monate, nicht einmal zwölf Wochen, ja weniger noch, wenn ich bedachte, wann meine Schwangerschaft bestätigt worden war. Aber welche Bedeutung hatte diese Bestätigung am Ende? Sie bedeutete nichts, es ist mir ein Rätsel, wie man etwas so Vergängliches als bestätigt auffassen kann, etwas, das sich ohne Vorwarnung in Luft auflösen, seine Bedeutung verlieren kann. Andererseits war die Formulierung ›in Luft auflösen‹ nicht ganz zutreffend, die Sache ging tiefer, denn wir hatten im Nachhinein niemandem von der Fehlgeburt erzählt, sie war während all der Jahre unter uns geblieben.

Nach der Fehlgeburt begann ich, mich auf Affären einzulassen. Diese waren meist kurz und keine Gefährdung unserer Ehe, wenngleich sie mich manchmal überraschten, in derlei Fällen gab ich mich ihnen leidenschaftlicher hin als geplant. Sie zeugten von innerer Unruhe, nicht von Unzufriedenheit, davon war ich überzeugt, und trotzdem fiel es mir zunehmend schwerer, mich wieder auf Tomas einzulassen, war mir bewusst, dass die Situation belastender, das Gerüst unserer Ehe wackeliger wurde, so konnte es unmöglich weitergehen. Ich ging davon aus, dass Tomas von den Affären wusste, vielleicht wartete ich nur darauf, dass er es von sich aus ansprach, etwas unternahm, vielleicht hätte ich das in gewisser Weise gebraucht.

Doch er sprach es nie an. Er wartete ab. Ich habe nie begriffen, wie er diese Geduld aufbringen, so fest auf meine Fähigkeit bauen konnte, irgendwann zur Einsicht zu gelangen. Nach jeder dieser banalen Episoden, die allesamt erwartbar unspektakulär endeten, deutete er mit keinem Wort an, ich hätte eine Schuld zu tilgen. Er konfrontierte mich nicht einmal mit der Tatsache meiner Untreue. Trotzdem gab es eine Schuld, wie sollte es anders sein, und ich begann, das dramatische Ungleichgewicht zwischen unseren Guthaben durch Kleinigkeiten zu korrigieren.

Es mag absurd klingen, aber das Frühstück war eine davon. Eines Morgens, ich war früh erwacht – Indiz für ein schlechtes Gewissen, könnte man sagen, denn ich war nie eine Frühaufsteherin –, kam mir der Gedanke, ich könnte für uns beide das Frühstück machen. Da ich eine Person mit geringer Begabung für den Haushalt war, bedeutete dies, im Café Gebäck zu besorgen, genug, um eine gewisse Auswahl zu haben. Als Tomas in die Küche kam und mich damit beschäftigt sah, das Gebäck auf einen Teller zu legen und Kaffee einzuschenken, als wiederum ich seine Überraschung bemerkte, eine Überraschung, die ihn urplötzlich erfasste – und die auf mich den Effekt einer Ohrfeige hatte –, begriff ich, dass ich mich seit Ewigkeiten zu keiner noch so kleinen zärtlichen Geste mehr aufgerafft hatte.

Er setzte sich. Ich setzte mich. Wir frühstückten. Als wir

die Teller abräumten und die Kaffeetassen in die Spüle leerten, legte Tomas mir eine Hand auf den Arm, er drückte so fest zu, dass ich in meinem Tun innehielt und mich verdutzt zu ihm umwandte. Dann schlug er vor, dies beizubehalten, es täglich so zu halten. Er sagte das mit Nachdruck, ich begriff also, es war ihm ein Anliegen, und meine Reaktion wäre wichtig. Ich willigte ein, obgleich ich mich, wie ich annehme, innerlich dagegen sträubte, weil es mir wie eine Forderung erschien, weil ich wenig Neigung dazu verspürte. Ich ging davon aus, die Sache würde sich von selbst erledigen. Nur war das nicht der Fall, wir hielten eine Woche daran fest, dann einen Monat und danach so lange, dass es zu Gewohnheit und Routine wurde, und durch diesen simplen Akt der Häuslichkeit bekannte ich mich wieder zu meiner Ehe. Es war banal, sogar spießig, die Kaffeetassen, das alberne Gebäck – aber genau das war entscheidend. Die Rückkehr zu einem alltäglichen Dasein, das Geborgenheit und Gewissheiten bietet, lässt sich leicht verächtlich machen und abtun. Durch diese Alltagsrituale band ich mich von neuem an die Ehe, in all ihrer Banalität. Jedenfalls eine Zeitlang.

5

SELBSTVERSTÄNDLICH ERZÄHLTE ICH Xavier nichts von alledem. Wir gingen weiter, er schien es nicht eilig zu haben, das Schweigen zu brechen. Ich bemerkte, dass wir von einem älteren Paar beobachtet wurden, das uns jedoch keine unschickliche sexuelle Verwicklung zu unterstellen schien, sondern davon ausging, Mutter und Sohn würden einen Spaziergang an der frischen Luft machen. Ihre Mienen drückten grundsätzliches Wohlwollen und Billigung aus, als verkörperten wir eine in sozialer Hinsicht fruchtbare Beziehung, anders als das Paar im Restaurant, das etwas sozial Zersetzendes geargwöhnt zu haben schien. Ich nehme an, es lag an der Selbstverständlichkeit, die wir ausstrahlten, offenbar wirkten wir wie zwei Menschen, die miteinander harmonierten, keine größeren Probleme hatten. Wir hatten das Paar hinter uns gelassen, da sagte Xavier: Gut, dass wir kurz reden konnten, wäre sicher nicht schön gewesen, wenn du mich im Theater erblickt hättest, ohne etwas geahnt zu haben. Das wäre wohl ein kleiner Schock gewesen.

Ich lachte, obwohl mir nicht danach war. Ja, könnte sein, sagte ich, und das stimmte, leicht vorstellbar, was in mir vorgegangen wäre, wenn ich beim Betreten des dunklen Theatersaals gesehen hätte, wie Xavier und Anne, über ihre Notizen gebeugt, Seite an Seite dasaßen, wie Xavier langsam den Kopf hob, wie Anne mich zu sich winkte. Als ich den neben mir gehenden jungen Mann betrachtete – so jung, dass er streng genommen noch nicht als Erwachsener gelten konnte –, hatte ich jedoch das Gefühl, als wäre diese Vorstellung weit hergeholt, als wäre es die einer Fremden.

Gewissen Vorstellungen kann man verfallen, sagte ich, und irgendwann ufern sie aus. Xavier betrachtete mich so hellhörig, als hätte ich mit diesen Worten an das zuvor Gesagte anknüpfen wollen. Was durchaus zutraf, sie waren eine Art Beichte oder Friedensofferte. Ich kenne das, fuhr ich fort, so ist es jedes Mal, wenn ich mich auf eine Rolle vorbereite. Mein Spiel kann nur dann funktionieren, wenn ich das Ufer bis zu einem gewissen Grad aus den Augen verliere. Zugleich ist es wichtig, an das andere Ufer gelangen, auftauchen und Luft holen zu können. Andernfalls wäre man verloren.

Er nickte, und ich verstummte. Das war keineswegs immer die entscheidende Frage gewesen, lange Zeit hatte sich zwischen der Fülle der Lebenserfahrung, die ich in mir trug und die wie bei jedem Menschen komplex und widersprüchlich war, die sich zu dem aufgeschichtet hatte, was mich ausmachte – hatte sich zwischen dieser inneren Landschaft und der beinahe absurden Plattheit meiner Rollen, die auf fantasielosen Klischees und Stereotypen basierten, eine Kluft aufgetan.

Für Menschen wie mich, Menschen mit meinem Erscheinungsbild, gab es keine Rollen – besser gesagt ausschließlich Rollen, die uns gewissermaßen auslöschten, sei es aufgrund der Stereotype, sei es durch schlichte Marginalisierung, oft waren die Figuren, die ich verkörperte, buchstäblich stumm, nichts weiter als Phantome auf zwei Beinen. Ein weiterer Nachteil bestand wohl darin, dass ich eine Frau war. Irgendwann hatte meine Agentin mir nahegelegt, meinen Namen zu ändern, sie meinte, in ethnischer Hinsicht sei ich schwer einzuordnen, mit einem anderen Namen hätte ich reizvollere Rollen in Aussicht. Als böte ein neuer Name die Garantie, anders wahrgenommen zu werden, bessere Rollen zu erhalten oder gar in Filmen oder Serien mitzuspielen, anders gesagt Karriere zu machen, eine Schauspielerin zu sein, deren Arbeit sich dem Bewusstsein der Allgemeinheit einprägte.

Ich selbst hatte natürlich keineswegs das Gefühl, undefinierbar zu sein, daher hielt ich an meinem Namen fest. Lange schien es unwahrscheinlich, dass ich jemals eine Breitenwirkung erzielen würde, egal mit welchem Namen. Ich hatte genügend Zeit, mir Gedanken darüber zu machen, aus welchen Gründen ich arbeitete und auftrat und für wen, wessen Fantasie ich mich unterwerfen musste, meine war es jedenfalls nicht. Deshalb arbeitete ich jahrelang wie mit angezogener Handbremse. Und selbst, als ich schließlich bessere Angebote erhielt, verwechselte ich die auf der Bühne oder auf der Leinwand dargestellten Erfahrungen nie mit meinen eigenen, das Material war dafür viel zu unterkomplex, keine einzige Rolle vermittelte mir den Stich, das Pochen, die Widerspenstigkeit des Realen.

Das änderte sich jedoch. In Muratas Film aufzutreten, war für mich entscheidend, zwar beherrschte ich die Sprache nur phonetisch, verkörperte aber einen glaubhafteren Charakter als in allen früheren Rollen. Danach wurde ich anders wahrgenommen, obendrein fiel der Erfolg des Films mit einem kulturellen Paradigmenwechsel zusammen, schrieb man anders und nahm anders wahr. Ich durfte zum ersten Mal menschlich sein. Ich durfte sogar im Mittelpunkt einer Story stehen. Später erhielt ich Rollen, in denen ich so sehr aufging, dass ich manchmal den Eindruck hatte, was ich auf einem Filmset oder im Theater spielte, wäre wirklicher als mein wahres Leben. Dieser Paradigmenwechsel war ein großes Geschenk, ohne ihn wären die nachfolgenden Rollen, einschließlich jener, die ich nun für Anne spielte, undenkbar gewesen.

Xavier fragte, ob ich schon in meine neue Rolle eingetaucht sei, ob sich dieser Prozess bereits vollzogen hätte, und seine Worte rissen mich aus meinen Gedanken, ich schaute verblüfft zu ihm auf. Er sah mich gleichmütig an, keineswegs so, als hätte er eine heikle Frage gestellt. Und doch traf sie einen wunden Punkt, hatte er mit untrüglicher Intuition etwas berührt, das mich belastete. Ich fragte mich, ob die Frage tatsächlich arglos war, ob Anne etwas erzählt, ja bemerkt hatte, dass es nicht voranging wie geplant. Vielleicht hatte er mich deshalb an der Ecke abgepasst, vor dem Café, in dem ich mir auf dem Weg zur Probe stets einen Kaffee holte, vielleicht war er von Anne dazu angestiftet worden.

Sie hätte allen Grund gehabt, sich Sorgen zu machen, wir probten seit drei Wochen, und obwohl ich mich untypisch lange vorbereitet hatte, wurde ich das Gefühl nicht los, innerlich unzureichend beteiligt zu sein, gelang es mir nicht, den Kern meiner Rolle zu erfassen. An sich war das nicht ungewöhnlich, obwohl sich meine Arbeit insgesamt gesehen verbessert hatte, hatte ich in den zurückliegenden Jahren wiederholt Rollen gespielt, die mir unklar geblieben waren – sei es aus eigenem Unvermögen oder weil das Stück oder die Regie mangelhaft gewesen waren, vielleicht auch aus anderen Gründen. Die Stimmung im Team war oft speziell oder schlicht unstimmig, manchmal sogar ungut gewesen, inzwischen war mir klar, es war ein Lotteriespiel, man wusste nie, ob sich alles fügen oder abermals misslingen würde, eine weitere überflüssige Performance, Residuum künstlerischer Bestrebungen, die rasch in Vergessenheit geraten würden.

Im Falle dieser Rolle dagegen, dieser Inszenierung, hatte ich allen Grund zur Zuversicht, schließlich arbeitete ich nicht nur mit Anne, das Stück stammte auch von einer Dramatikerin, die ich seit langem bewunderte. Eine junge, außergewöhnlich brillante Autorin, in einem kleinen Theater in Downtown hatte ich mit höchstens achtzig anderen Gästen der Aufführung eines ihrer frühen Stücke beigewohnt. An jenem Abend war der Saal halb leer gewesen (was sich nach den atemlosen, ekstatischen Rezensionen aber rasch geändert hatte, das Stück war wochenlang im Voraus ausverkauft, die Spielzeit wurde zwei-, dreimal verlängert und die Autorin unterdessen mit Preisen, Aufträgen und Einladungen in Writers' Rooms überhäuft), aber trotz des spärlichen Publikums und der unbekannten Schauspielerinnen und Schauspieler war mir auf Anhieb klar, dass sie eine Ausnahmebegabung hatte. In jeder Szene entwickelte sich Spannung, obgleich wenig geschah und wenig gesprochen wurde, der Druck nahm stetig zu, und am Ende merkte ich, dass ich mich geraume Zeit in einem Zustand quälender Beklommenheit befunden hatte, beim Verlassen des Theaters war ich zugleich euphorisiert und ausgelaugt, vibrierte jeder Nerv meines Körpers.

Selbstverständlich rief ich sofort meine Agentin an und

bat sie, ein Treffen zu arrangieren, und wenig später sprach ich mit Anne, die ebenfalls Stücke der jungen Dramatikerin gesehen hatte und gleichermaßen beeindruckt war. Was damals natürlich für alle und jeden galt, es war also keineswegs garantiert, dass wir mit ihr zusammenarbeiten würden, geschweige denn ein neues Stück aufführen dürften. Nach zwei Jahren, in denen sie lediglich ihre Bereitschaft bekundet hatte, rief sie mich dann unerwartet an und sagte, sie habe etwas. Sobald mir das Stück vorlag, wusste ich, dass die Rolle wie maßgeschneidert für mich war, eine extrem seltene Erfahrung, und dass sie, vorausgesetzt, ich ginge sorgsam und mit Geduld zu Werk, die Grundlage der besten Arbeit bilden konnte, die ich je abgeliefert hatte.

Dann aber, nachdem wir den Text zum ersten Mal laut gelesen hatten, nach den ersten Proben und den folgenden Proben und obwohl sowohl Anne als auch die Dramatikerin meine Darstellung in den höchsten Tönen gelobt hatten, sogar, als alle Einzelteile zu einem stimmigen Ganzen verschmolzen und die Gestalt der einzelnen Rollen deutlicher wurde – der meinen wie auch aller anderen –, selbst als der Zeitpunkt in greifbare Nähe zu rücken schien, an dem sich alles endgültig herauskristallisieren, die Struktur unserer Arbeit konkretisieren würde, wenn es noch etwas Spielraum gäbe, die grundlegenden Parameter aber feststünden –, sogar da hatte ich das Gefühl, mich unzureichend weit vom Ufer gelöst zu haben. Ich konnte die Rolle und die damit verknüpfte Welt nach wie vor nicht greifen, und ich wusste, die Zeit lief mir davon, war mir klar, dass ich mich innerlich neu justieren musste, andernfalls würde mir die Rolle entgleiten.

Ich hatte länger geschwiegen, und nun sagte ich: Nur noch eine Woche Proben, dann folgt die Technik.

Anne hat gemeint, du bist schon exzellent.

Ich bin noch nicht da, wo ich sein müsste. Ich warte darauf, dass sich etwas tut, und die Zeit rennt mir davon. Ich wandte mich voller Unbehagen ab, wusste nicht, warum ich Xavier davon erzählt hatte. Ein Durchbruch kann sich natürlich auch später ereignen, sagte ich. Nur befürchte ich allmählich, er könnte ausbleiben. Er nickte mitfühlend, als wüsste er, was ich meinte, was eher unwahrscheinlich war, schließlich wusste ich es selbst nicht. Es liegt definitiv nicht an Anne, ergänzte ich. Und das Stück ist einfach toll. Es liegt an mir selbst.

Was, wenn du trotzdem richtig gut wärst? Ist es denn wichtig, was du empfindest?

Natürlich, erwiderte ich rasch. Schon während ich sprach, kamen mir Zweifel. War es wichtig? Zweifellos in dem Sinne, dass allein die Arbeit zählte – nicht die Aktivität rundherum, die Energie, die sich beim Zuschauen aufbaute oder entlud. Nur wusste ich nicht, wie ich meine Arbeit und deren Wirkung auseinanderhalten sollte. Mir fiel ein, dass ich neulich einen Film gesehen hatte, dessen Wirkung ausschließlich auf einer schauspielerischen Glanzleistung beruhte, obendrein der eines Schauspielers, den ich trotz seines Rufes und seiner strahlenden Karriere als eher uninteressant empfunden hatte, weil er mit den Jahren eine spürbare Bequemlichkeit entwickelt hatte, sich nicht mehr zu früheren Höchstleistungen aufschwingen konnte und jedes Mal die bekannte Version seiner Person aufwärmte, jene Version, die ihm Anerkennung eingebracht und seinen Ruf gefestigt hatte.

Nach dieser Leistung sah ich ihn auf einmal in einem neuen Licht.

In diesem Film, *Erlösung*, hatte er ungewohnt tiefgründig und vielschichtig gespielt, ich hatte mich an die Verheißung erinnert, die er zu Beginn seiner Karriere dargestellt hatte, als er noch ehrgeizig und neugierig gewesen war. Sein Spiel war in jeder Szene von schmerzhafter Intensität, wenn er nach einem Tisch oder Tresen griff, dann so, als verzehrte er sich danach, geerdet zu werden, der innere Aufruhr seines Charakters war in jeder Sekunde spürbar. Er sah zu Boden, dann wieder auf, aus seiner Miene sprach tiefste Verwirrung, und ich übertreibe nicht, wenn ich sage, dass es mir beim Zuschauen fast das Herz brach. Ich musste zugeben, mich in ihm getäuscht zu haben, er konnte tatsächlich bemerkenswert subtil und hingebungsvoll spielen, und so willigte ich anschließend ein, mit ihm zusammenzuarbeiten.

Kurz nach der Ankunft am Set musste ich zu meinem Erstaunen feststellen, dass er doch so geistlos und eitel war wie gedacht, und als wir zu proben begannen, erfasste mich Unmut, er schien weder ein Gespür für die Szenen zu haben noch seinen Text zu kennen, er beugte sich ständig über das Skript und murmelte die Worte vor sich hin, es schien, als er hätte noch nie einen Blick darauf geworfen. Ich war frustriert, ja zornig, es fiel mir schwer, seine Nachlässigkeit nicht als Respektlosigkeit aufzufassen, immerhin vergeudete er meine Zeit und die aller anderen am Set, sogar seine eigene Zeit, die, wie ich boshaft dachte, in seinem Alter nicht mehr üppig bemessen war.

Der Regisseur, der zu spüren schien, wie genervt ich war, nahm mich beiseite und erklärte, dem Schauspieler falle es schwer, den Text auswendig zu lernen, gut möglich, dass er sich keine einzige Zeile merken könne, ich solle lieber keine Besserung erwarten. Angesichts meines verwirrten Blicks erklärte er, er habe mit Stan gesprochen, dem Regisseur von *Erlösung*. Ich hätte dich rechtzeitig informieren sollen, sagte er, aber Tatsache ist, ich habe es auch gerade erst erfahren. Er ist absolut unfähig, sich Text zu merken. Am Set von *Erlösung* war es täglich so.

Ich lachte ungläubig, und der Regisseur hob mahnend eine Hand. Anfangs glaubte Stan, es würde an mangelnder Konzentration und Vorbereitung liegen, aber wie er bald feststellte, hatte der Mann darauf keinen Einfluss, er konnte sich den Text nicht einmal lange genug merken, um ihn unmittelbar nach der Lektüre zu sprechen. Deshalb pinnte man am Set Zettel mit dem Text auf jede verfügbare Oberfläche und wurschtelte sich irgendwie durch. Weißt du noch, wie er in der Küchenszene mit beiden Händen über den Tresen streicht? Da sucht er den Zettel. Genauso in der Szene im Badezimmer.

Ich sah den Regisseur fassungslos an. Wie sich zeigte, fuhr er trocken fort, war das Ergebnis absolut bemerkenswert, und genau deshalb habe ich ihn für den Film gecastet, den wir jetzt drehen oder zu drehen versuchen. Den Grund für sein starkes Spiel habe ich erst im Nachhinein erfahren, er lautet, dass er gar nicht gespielt hat. Die Verwirrung, die man als Zuschauer miterlebt, ist absolut echt. Man sieht einen orientierungslosen Mann, der nicht weiß, worum es in der Szene geht, der regelrecht in der Falle sitzt, während er gefilmt wird, man sieht einen Mann, dem Leben und Karriere entgleiten.

Warum hat Stan das nicht gleich gesagt?, fragte ich. In dem Film hat es funktioniert, das gebe ich zu – an diesem Punkt verstummte ich und nickte. Da hat es gepasst, sagte ich. Aber im Falle dieses Films …

Ja, klar, sagte der Regisseur. Als ich es erfuhr, bin ich im Dreieck gesprungen. Wieso hast du mich nicht gewarnt?, wollte ich wissen. Stan meinte, er hätte das Gefühl gehabt, den Schauspieler zu verraten. Es wäre katastrophal, wenn dies an die Öffentlichkeit dringen, sich auch nur im Filmbusiness herumsprechen würde. Nicht, dass er sich dem Schauspieler in besonderem Maß verpflichtet fühle, im Gegenteil, er sei total genervt von dessen Eitelkeit und Sturheit, habe ihm aber nicht in den Rücken fallen wollen. Er habe sogar versucht, die Unfähigkeit des Schauspielers vor der Filmcrew zu verbergen und von der Demenz nichts erzählt, sondern behauptet, der Mann habe den Text nicht lernen wollen, sei faul und beschränkt, Beschimpfungen, die den Schauspieler de facto schützen und verhindern sollten, dass man die schreckliche Wahrheit ahnte.

Das war Stans Form von Respekt, sagte der Regisseur, verstehst du? Ja, sagte ich, aber der Respekt galt möglicherweise eher der schauspielerischen Leistung oder dem Bemühen, diese hervorzurufen. Was Stan getan hatte, war in gewisser Weise frech und skrupellos, ihm musste bewusst gewesen sein, dass er eine moralische Grenze überschritt, und ich hatte das starke Gefühl, dass es ihm nicht um den alternden Schauspieler ging, nicht einmal darum, das Lob zu gefährden, das der Film geerntet hatte, nein, Stan hatte schlicht seine Grenzüberschreitung vertuschen wollen.

Unser Film konnte den Erfolg von *Erlösung* nicht wiederholen, und trotzdem wurde der Schauspieler weiter regelmäßig angefragt, wahrscheinlich war er sogar jetzt mit einem Dreh beschäftigt, irrte durch eine Szene. Ich weiß noch, dass ich die Enthüllung damals als schockierend, ja desillusionierend erlebte, sie veränderte meine Wahrnehmung seines Spiels. Nach meinem Gespräch mit dem Regisseur schaute ich den Film ein zweites Mal und sah plötzlich einen Mann, der an schleichender Demenz litt, der auf der Leinwand verloren wirkte, der verzweifelt nach seinen Zeilen suchte, nach dem Text, den er zu sprechen hatte. In diesem Moment, als Xavier neben mir ging, kam mir jedoch der Gedanke, dass sein Spiel eine bleibende Leistung war – die darstellerische Leistung, die ich beim ersten, ja sogar beim zweiten Schauen des Films erlebt hatte, überdauerte, vielleicht stimmte es, dass eine solche Leistung im Raum zwischen der Darstellung und dem Publikum existiert, dass sie in diesem Interpretationsraum überhaupt erst entsteht.

Aber, dachte ich dann, sollte es je einen Schauspieler gegeben haben, der das Ufer aus dem Blick verloren hatte, dann diesen, er war weit hinausgetrieben, und ich fragte mich, ob er befürchtete, nie wieder heimzufinden, ob die Welt der Fiktion ihre schützende Macht verloren hatte, ob die Trennlinie zwischen Realität und Fantasie aufgehoben worden war. Die Verwirrung und Verletzlichkeit, die man auf der Leinwand sah, waren durch und durch real. Und ich dachte wieder an die gleichfalls authentische Panik im Blick des Schauspielers, wenn er am Set stand, wenn er die anderen Schauspieler betrachtete, den Regisseur, stets auf der Suche nach seinem Zettel, in derlei Momenten wirkte alles entsetzlich, beängstigend real.

Was nicht zuletzt an einem weiteren Element seines Spiels in *Erlösung* lag, und das war der Tod. Obgleich der Schauspieler noch keine siebzig Jahre alt war, konnte ich mir, als ich die Geschichte mit den Notizzetteln auf dem Tresen, mit den vergessenen Zeilen hörte – genau genommen nicht vergessen, sondern gar nicht erst memoriert –, als ich das erfuhr, konnte ich mir plötzlich seinen Tod vorstellen. Ich konnte mir die steil abfallende Kurve seines Verfalls vorstellen, mir ging auf, dass er geistig abbauen würde, bis sich die Erinnerung an seine eigene Person und die Welt auflöste und damit alles, was ihn ausmachte. Der Tod war es, auf diesen hatte man unbewusst reagiert, während man sah, wie er durch die Szenen taumelte. Der Film porträtierte einen Mann, der dabei war, sich selbst zu verlieren.

Ich konnte meine Gefühle zu *Erlösung* nicht mehr auf den Punkt bringen, einem Film, den ich zunächst unvoreingenommen und naiv genossen hatte – diese Unschuld war passé. Zugleich fragte ich mich, ob schauspielerische Arbeit nicht sogar die Aufgabe hat, die Unschuld der anderen zu beschützen, ob sie es den Menschen ermöglichen soll, mit ihren scheinheiligen Sehnsüchten zu leben. Denn in Wahrheit wollen wir nicht die Sache selbst miterleben, weder auf der Leinwand noch auf der Bühne, wir wollen keinen echten Schmerz, kein echtes Leid, keinen echten Tod sehen, sondern schlicht deren Darstellung. Indem wir zuschauen, ist es uns möglich, bestimmte Gefühle zu genießen, hautnah zu erfahren und ihre Atmosphäre zu spüren, das Spiel bietet uns die Möglichkeit, ihnen gefährlich nahe zu kommen.

Ohne dieses Element wäre *Erlösung* nur ein Snuff-Film. Deshalb bejahte ich Xaviers Frage, ich sagte, was man empfinde, sei wichtig, unbedingt. Ohne bewusstes Spiel keine Wirkung, keine Kontrolle, die Arbeit würde einem schlicht widerfahren. Und das wäre eine fatale Umkehrung.

Aha, sagte er leichthin und trank einen Schluck Kaffee. Wir waren am Ziel.

6

WIR STANDEN VOR der Tür des Theaters. Xavier hielt die Kaffees, jeden in einer Hand, die Tüte mit den Frühstücks-Sandwiches. Er hielt den zweiten Becher mit viel Bedacht, die Finger behutsam um den Rand gelegt, und seine Haltung und der kleine Pappbecher verrieten in gewisser Weise die ganze Dynamik seiner Beziehung zu Anne. Ich musste die zwei nicht zusammen erleben, um zu wissen, wie sie interagieren würden, und dann begriff ich, was die ganze Zeit auf der Hand gelegen hatte, dass er während aller Proben und auch darüber hinaus anwesend wäre. Er lächelte, es war ein freundliches, in keiner Weise zweideutiges Lächeln.

Ich glaube, du irrst dich.

Was?

Ich denke, dein Spiel ist ziemlich gut, auch wenn du es nicht so siehst.

Ich lachte, es klang fehl am Platz, fast unschicklich. Tja, ich kann nur hoffen, das stimmt.

Ich öffnete die Tür und winkte ihn ins Gebäude, er lächelte noch, die Kaffees in den Händen. Wir gingen durch die verwaiste Lobby, und ich hielt ihm auch die Tür zum Theater auf, so dass er vor mir eintrat, und wieder erlebte ich, wie er schlagartig im Mittelpunkt der Aufmerksamkeit stand. Ich war nicht unbedingt neidisch, das würde es nicht ganz treffen, bezeichnet auch zu viele unterschiedliche Gefühle. Und doch ließ es mich an meine bevorstehende Unsichtbarkeit denken, die Aussicht darauf, immer häufiger durch eine Straße oder einen Raum zu gehen, ohne dass man mir Aufmerksamkeit schenkte, etwas, das ich in jüngeren Jahren, in Xaviers Alter, ersehnt hatte.

Selbstverständlich war ich hier nicht unsichtbar, in diesem Raum genoss ich einen gewissen Rang, also auch eine Sichtbarkeit, die jedoch stets vom Kontext abhing. Anne sah auf und eilte zu uns, blieb abrupt stehen und klatschte überrascht oder beglückt in die Hände.

Ihr seht wahrhaftig aus wie Mutter und Sohn, sagte sie lachend.

Beinahe, erwiderte Xavier.

Ich schwieg dazu, und Annes Gesicht wurde von einer leisen Verärgerung überflogen, die nicht Xavier oder mir, sondern ihr selbst galt, vielleicht glaubte sie, ich würde argwöhnen, sie habe mir mein Alter unter die Nase reiben wollen, und wäre pikiert. Vielleicht befürchtete sie auch, ihre Worte könnten als rassistisches Vorurteil missverstanden werden, in dem Sinne, dass wir alle gleich aussahen. Sie streckte eine Hand aus, und Xavier übergab ihr den Kaffee und die Papiertüte mit dem Sandwich. Er wirkte verblüffend kompetent, vollkommen anders als zuvor, ich dachte wieder, dass er wie ausgewechselt war. Ich merkte, dass er auf Anne beruhigend wirkte, seine Bewegungen waren gemessen und effizient wie die eines Dompteurs, der genau wusste, wie man unberechenbare Tiere zu nehmen hatte.

Als ich zusah, wie er sie unauffällig, aber umsichtig umschwirrte, als ich die entspannte Vertrautheit bemerkte, die bereits zu diesem frühen Zeitpunkt zwischen beiden herrschte, verstand ich, wieso Anne uns mit Mutter und Sohn verglichen hatte. Nicht aufgrund der äußerlichen Ähnlichkeit zwischen Xavier und mir, jedenfalls nicht ausschließlich und schon gar nicht in erster Linie. Der Grund war, dass Anne in Xavier den archetypischen Sohn erkannt hatte. Er füllte diese Rolle automatisch aus, agierte entsprechend pflichtbewusst und zugeneigt und schuf eine Atmosphäre, die Anne, ob bewusst oder unbewusst, durch ihre Worte auf den Punkt hatte bringen wollen. Ich begriff, dass sie nicht mich, sondern sich selbst gemeint hatte, dass ihre Verärgerung keineswegs der Sorge entsprungen war, sie könnte mich beleidigt haben – das hätte mir klar sein müssen, schließlich kannte sie mich gut genug –, stattdessen befürchtete sie, ob bewusst oder unbewusst, sie könnte etwas von sich preisgegeben haben.

Xavier spielte den braven Sohn. Er liebte diese Rolle, er sehnte sich danach und hatte deshalb den Kontakt zu mir gesucht. Nun mimte er den braven Sohn für Anne, und sie sprang darauf an, und dieses Einvernehmen hatte zur Entstehung einer Membran geführt, die beide einhüllte. Ich entfernte mich im Gang von ihnen, den Blick auf die leere Bühne geheftet. Ich nippte am Kaffee. Xavier schien für Anne tiefere Gefühle zu hegen als für mich. Ich drehte mich unwillkürlich nach den beiden um, sie steckten die Köpfe zusammen, Anne redete lebhaft, Xavier entgegnete etwas, und Anne sah lachend und voller Zuneigung zu ihm auf. Ich wurde von einem Anflug von Eifersucht durchzuckt, von dem Gefühl, etwas in den Wind geschlagen zu haben, voreilig und ohne zu wissen, was es tatsächlich war.

Anne kam zu mir, sie setzte sich in die erste Reihe und begann, das von Xavier geholte Sandwich zu essen. Sie zeigte auf den Platz neben sich, und ich setzte mich. Sie kaute energisch, wischte ihren Mund dabei mit einer Serviette ab und nickte mir zu.

Wie läuft es, deinem Gefühl nach?

Gut, antwortete ich umgehend.

Es entwickelt sich rascher als gedacht. Täglich kommt es zu Entdeckungen, die das Ganze vorantreiben. Ich kann spüren – sie hob die Hände und ballte sie zu Fäusten, das Sandwich im Schoß –, ich kann spüren, wie es Gestalt annimmt. Und Max ist zufrieden. Anne verstummte und wandte sich mir zu. Bevor wir begonnen haben, habe ich mit Max gesprochen, und sie hat mich gewarnt, sie könne anstrengend sein. Du kannst dir mein Stück aneignen, hat sie gesagt, es muss nicht meiner Vorstellung entsprechen. Aber es muss wahrhaftig sein.

Anne hebelte den Deckel von ihrem Becher und trank einen Schluck Kaffee, bevor sie fortfuhr. Normalerweise finde ich solche Aussagen nicht hilfreich, und genau das habe ich entgegnet. Wie soll ich wissen, ob es wahrhaftig ist? Woran bemisst sich das? Was bedeutet das Wort überhaupt? Als ich dann mit dem Material zu arbeiten begann, habe ich jedoch begriffen, was sie meinte, wie sich mit der Zeit herausgestellt hat, besitzt jede Szene eine eigene Integrität. Letzte Woche habe ich während einer Probe zu Max geschaut, und sie hat meinen Blick erwidert und genickt, und obwohl die Szene nicht dem entsprach, was auf dem Papier steht, ja vielleicht nicht einmal dem, was Max beim Schreiben im Sinn hatte, wusste ich, dass sie einverstanden war. Später meinte sie dann, sie sei sehr froh.

Was hat sie genau gesagt?

Sie sei froh, das war's. Dass es gut läuft. Uns bleibt eine

Woche bis zur Technik. Ein paar Aspekte müssen noch geklärt werden, aber sie ist zuversichtlich, dass wir es schaffen.

Anne biss ein weiteres Mal in ihr Sandwich.

Die noch zu klärenden Aspekte …

Sie suchte nach ihrer Serviette, und ich reichte sie ihr ungeduldig. Sie wischte abermals ihren Mund ab.

Tja, na ja, die Szene, an der wir heute arbeiten, gehört dazu.

Ich hatte damit gerechnet, dass sie das sagen würde. Im Laufe der vergangenen drei Wochen hatten wir Szene um Szene auf die Reihe bekommen, wie von Anne beschrieben. Max war kein Einzelfall, ihre nervöse Euphorie wurde vom ganzen Ensemble geteilt, irgendwann hatte Clarice mich beiseitegenommen und erklärt, in diesem Stück gehe es um etwas ganz anderes, als sie zunächst geglaubt habe, es sei viel besser, subtiler und geheimnisvoller. Ich hatte miterlebt, wie das Ganze rasend schnell Gestalt angenommen hatte, bis nur noch eine Szene blieb, exakt in der Mitte des Stücks, für die eine Lösung gefunden werden musste. Sie saß im Zentrum wie eine Black Box oder ein schwarzes Loch, und es war die Szene, die ich ganz allein spielte. Daran wollten wir heute arbeiten.

Ich betrachtete die leere, dunkle Bühne. Ich war die Erste unseres Ensembles gewesen, die die quecksilbrige Brillanz von Max' Werk erkannt hatte, die schleichende, listige Art, auf die sich die Szenen entfalteten, die Essenz des Stücks erfasste man erst, wenn man tief darin eingetaucht war. Die Szene dagegen, die heute geprobt werden sollte, jene, mit der Max unzufrieden war – Anne hatte es nicht so direkt gesagt, und trotzdem war klar, was sie gemeint hatte –, diese Szene erwies sich als widerspenstig, war das Einzige, was ich nicht vollständig zu durchdringen vermochte, und ohne diese Durchdringung wäre es mir nicht möglich, meine Rolle ganz zu erfassen. Ich war mir dieses Problems seit längerem bewusst und fragte mich, ob die Szene vielleicht einen Konstruktionsfehler hatte. Struktur und Stoff des Stücks verlangten in dieser bestimmten Szene nach einer Transformation, einen Moment der Verwandlung und des Übergangs, nur schien es im Text keine Grundlage für eine solche Metamorphose zu geben.

Ich stand auf.

Ist Max da?

Anne nickte, dann zeigte sie dezent mit dem Kopf. Ich sah in die gewiesene Richtung und entdeckte Max ganz hinten im Theater, sie schien zu telefonieren. Sie sah mich und winkte, dann wandte sie sich wieder ab. Ich ging quer durch das Theater, und als sie mich kommen sah, sprach sie hektisch in ihr Handy und beendete das Gespräch. Sie drückte mich, wenn auch verhalten, als würde sie mein Anliegen ahnen oder wollte Anne und mich auf ein Problem aufmerksam machen. Sie trat einen Schritt zurück, weiter das Handy umklammernd, schuf also etwas mehr Abstand zwischen uns, und erkundigte sich dann, wie es mir gehe, sie klang fast wie Anne, was den Verdacht in mir aufkeimen ließ, beide hätten die Sache längst erörtert und erkannt, dass ich das eigentliche Problem war.

Mir geht's gut.

Wunderbar. Ich habe mit Anne gesprochen. Wir wollen die Szene heute endgültig klären. Sie hat immer noch etwas Vages. Aber darf ich offen sein? Ich nickte und schüttelte zugleich den Kopf, wusste nicht recht, ob mir Offenheit lieb war.

Die Szene fällt in diesem Stück aus dem Rahmen, tatsächlich ist sie ungewöhnlich für alles, was ich bislang geschrieben habe. Sie runzelte die Stirn. Sie ist schematischer, ehrlich gesagt vollkommen schematisch. Alles, was ich schreibe, basiert auf der Erforschung flüchtigster Gefühle, die sich bei menschlichen Begegnungen regen. Diese Szene ist aber konzeptueller. Sie ist spröde, kühl. Sie nickte mir zu. Ganz wie die Person, die du spielst.

Diese Worte überraschten mich, ich hatte meine Rolle nie als kühl aufgefasst. Sie zog eine Grimasse, als hätte sie einen schlechten oder bitteren Geschmack im Mund, sie schien der Person, die sie selbst erschaffen hatte, die im Zentrum der Geschichte stand, eine gewisse Verachtung entgegenzubringen, eine Frau, zerrüttet von Kummer, von Ausweglosigkeit, ein Schatten ihrer Selbst, jemand, die nicht mehr an ihre Gefühle herankam. So sah ich es, aber ein Flackern in Max' Augen verriet mir, dass sie diese Person und ihr Leid nicht nur verachtete, sondern auch – schlimmer noch und ungeachtet meiner Einschätzung– irgendwie von ihr gelangweilt war, obwohl sie selbst dafür verantwortlich zeichnete. Mein erster Impuls bestand darin, die Figur und mich selbst in Schutz zu nehmen, denn wäre die Autorin von ihrer Figur gelangweilt, dann logischerweise auch davon, wie ich sie spielte.

Sie schien meine Bestürzung, die ich nicht verhehlen konnte, nicht zu bemerken oder zu übergehen, und sprach weiter. Klar, an diesem Punkt gelingt deiner Figur eine Art Durchbruch, gelangt sie an das Ufer gegenüber. *Das Ufer gegenüber* war der Titel des Stücks, und sie benutzte diese Wendung weder ironisch noch verlegen, offenbar hielt sie alles, was sie schrieb, für zitierfähig. Das ist entscheidend, fuhr sie fort. Es ist der Moment, als sie ihre Gefühle endlich wieder anzapfen kann, das Stück reißt gleichsam auf, und sie tritt ins Leben hinaus, verstehst du?

Sie schüttelte eine Faust, es war die Hand mit dem Handy, fast wirkte es wie eine Siegesgeste, und dann nickte sie, als hätte sie auf produktive Art zur Klärung beigetragen, als hätte sie mir gerade den Schlüssel zur Black Box der Szene in die Hand gegeben, nur wusste ich partout nicht, was sie meinte, sie schien um des Redens willen geredet zu haben, es war nichts als heiße Luft. Meine Bestürzung wuchs. Max betrachtete mich, aber als ich ihren Blick erwiderte, schien sie dichtzumachen, als fühlte sie sich in Frage gestellt, und da kapierte ich, dass sie selbst nicht wusste, was sie geschrieben hatte, dass sie nicht wusste, wie es funktionieren sollte, wie die Verbindung zwischen den beiden Versionen des Charakters herzustellen wäre, die Szene war eine Art Notlösung. Max war, ging mir auf, dieses Charakters noch während des Schreibens überdrüssig geworden und hatte ihn umgestalten wollen, und so war diese halbgare Szene entstanden, als Bindeglied zwischen zwei Versionen des Charakters, ja zwischen zwei grundverschiedenen Charakteren. Das erkannte ich jetzt klar und deutlich, ich erkannte es im gesamten Text. Sie schaute mich wieder an, und ich bemerkte die Furcht in ihren Augen, und sie reckte ihr Handy und sagte: Tut mir echt leid, aber da muss ich rangehen, und dann huschte sie aus dem Theater.

Ihr Handy hatte nicht einmal geklingelt. Ich kehrte an meinen Platz zurück und schnaubte, es würde an mir hängenbleiben, den von Max geschaffenen Charakter schlüssig zu gestalten, gerade war mir klar geworden, dass sie nicht die geringste Vorstellung davon hatte, wie der holperige Übergang von der einen zur anderen Hälfte des Stücks zu bewältigen wäre, die Wandlung einer gramgebeugten zu einer energischen Frau. Ich schlug das Skript auf. Ich war frustriert und verstört, die vollkommen falsche Verfassung für diese Art von Arbeit.

Xavier stand auf und kam zu mir. Alles okay?, fragte er. Brauchst du was? Ich starrte auf das Skript, auch er senkte den Blick darauf. Er fragte: Ist das die Szene, die heute geprobt werden soll? Ich nickte. Irgendwelche Tipps?, fragte ich ironisch. Er zuckte die Schultern. Mein Dad hat gern einen Witz erzählt, allerdings war es eher eine Geschichte als ein Witz. Ich nickte und wartete darauf, dass er fortfuhr. Mein Dad erzählte, einer seiner Freunde habe seine Frau nicht mehr geliebt, an seinen Kindern keine Freude mehr gehabt, seine Familie aber trotzdem nicht verlassen wollen. Er habe schlicht empfinden wollen, was er früher empfunden hatte. Er bat seine Therapeutin um Rat. Sie riet ihm, sich selbst einzureden, dass er seine Frau liebe. Das solle er konsequent durchziehen, und dann, irgendwann, würde er sie wieder lieben.

Und das soll ein Witz sein?, fragte ich gereizt und sah nach der Zeit. Anne stand gerade auf und bürstete Sandwichkrümel von ihrem Schoß.

Irgendwie schon, sagte er. Denn er meinte sich selbst. Meine Mom war die Frau, die er nicht mehr liebte, und mein Bruder, meine Schwester und ich waren die Kinder, an denen er keine Freude mehr hatte. Nachdem er den Rat seiner Therapeutin befolgt und sich von neuem in Mom verliebt hatte, haben wir oft darüber gescherzt.

Das ist nicht witzig, sagte ich.

Ich weiß. Aber damals fand ich es lustig.

Du hast also eine Mutter?

Er schenkte mir einen unergründlichen Blick. Anne kam im Gang auf uns zu. Habt ihr Max gesehen?

Sie muss telefonieren, antwortete ich knapp.

Soll ich vielleicht …? Xavier stand auf.

Bitte, sagte Anne. Wir müssen jetzt anfangen.

Sie sah ihm liebevoll nach, während er sich im Gang entfernte. Weißt du, sagte sie, mit Xavier könnte es klappen. Es war ein Glücksfall, dass er gemailt hat. Natürlich, weil er den Kontakt zu dir gesucht hat – sie drehte sich erwartungsvoll zu mir um, doch ich nickte nur. Wie sich herausgestellt hat, ist er mit Hana befreundet, sagte sie nach einer Weile. Die Tochter von Robbie und Mieko. Sie sind gemeinsam auf der Schauspielschule.

Er weiß dich offenbar zu nehmen.

Er agiert vorausschauend. Viele meiner Assistenten haben immer nur reagiert. Sehr angenehm, jemanden an meiner Seite zu haben, der im Voraus weiß, was ich brauche.

Aus ihrer Miene sprachen eine Milde und eine Unbestimmtheit, die mich zusätzlich verärgerten, ich merkte, dass sie beschlossen hatte, Xavier unter ihre Fittiche zu nehmen, dass er ab jetzt dazugehören würde, stets anwesend wäre, eingeweiht in Annes Gedanken über ihre Arbeit, ja mehr noch, ihre Assistentinnen und Assistenten mussten vieles aufnehmen, nicht nur Informationen, sondern auch Emotionen. Viele hielten nicht lange durch, Anne war ein Energiebündel und konnte sehr fordernd sein, man musste sich ihr unterwerfen, was für Vertraute, für Schauspieler, Schauspielerinnen oder Mitstreiter durchaus reizvoll sein konnte, für junge Männer und Frauen, die ihr einen Kaffee holen oder Botengänge für sie erledigen mussten, dagegen weniger verlockend war.

Dennoch war mir klar, dass Xavier seine Aufgabe meistern würde, nicht nur, weil er extrem wandlungsfähig war, sondern auch, weil es ihn keine Kraft zu kosten schien, sich zu wandeln. Er schien stets derselbe zu sein, die Veränderungen seines Wesens belasteten ihn offenbar nicht, möglicherweise bemerkte er sie nicht einmal. Ich dachte an die behutsamen Fragen, die er auf dem Weg zum Theater gestellt hatte, er war ganz natürlich gewesen, schwer vorstellbar, dass er von Anne dazu angestiftet worden war, andererseits lag es durchaus im Bereich des Möglichen, dass Anne mit ihm über die Schwierigkeiten gesprochen hatte, mit denen ich rang, durchaus möglich, dass sie zu dritt, also mit Max, über die Sache diskutiert hatten. Die Vorstellung, sie könnten die Schwächen meines Spiels, die in Wahrheit Schwächen des Textes waren, gemeinsam seziert haben, ärgerte mich noch mehr. Sie hat ihre Rolle in keiner Weise durchdrungen, hätte es heißen können, sie versteht die Figur nicht.

Ich hasste es nach wie vor, wenn man hinter meinem Rücken über mich sprach, und in diesem Fall war es noch schlimmer, weil ich überzeugt war, dass Max, sollte es so gewesen sein, versucht hätte, einen Teil der Verantwortung auf mich abzuwälzen – mir vielleicht sogar die Schuld in die Schuhe zu schieben, ich achtete Max nach wie vor, begann jedoch, sie in einem anderen Licht zu sehen. All das hatte zur Folge, dass ich mir vorkam wie ein Kind, und in diesem Gefühl beugte ich mich vor und sagte zu Anne: Bei unserer ersten Begegnung hat Xavier mir etwas sehr Merkwürdiges erzählt. Ich hatte diese Worte noch nicht ganz ausgesprochen, da schämte ich mich schon, weil ich wusste, sie waren kleinkariert, motiviert durch Unsicherheit und Gekränktheit, außerdem hatte ich trotz allem das Gefühl, dass Xavier mir ein Geheimnis anvertraut hatte, etwas Privates, das ich für mich behalten musste, andererseits war ich ihm weder etwas schuldig noch hatte er mich gebeten, über das, was er gesagt hatte, Stillschweigen zu bewahren.

Anne sah mich forschend an, als wollte sie wissen, was ich damit meinte, wirkte aber nicht besonders besorgt oder beklommen, nein, das nicht, undenkbar für sie, dass dieser junge Mann irgendwelche Schattenseiten hatte. Ich wollte gerade weitersprechen, als mein Handy vibrierte. Es war eine Nachricht von Tomas, und ich wischte über das Display, um sie zu lesen. Wir müssen reden, schrieb er. Ich schreibe dies, weil ich befürchte, ich könnte den Mut verlieren und das Thema weiter meiden, wenn ich nicht schreibe, die Sache nicht anspreche. Jedenfalls kann es so nicht weitergehen.

Ich senkte das Handy in meinen Schoß.

Was ist denn?, fragte Anne.

Ich sah auf. Eine Nachricht von Tomas.

Nein, sagte sie. Mit Xavier, meine ich.

Ach, nichts, sagte ich. Und mit einem Mal vergaß ich Max und das Stück und die Szene und alle paranoiden Gedanken, die in meinem Kopf herumgespukt waren, es war der übliche Probenfrust, die Maßstäbe wurden schlagartig zurechtgerückt. Ich muss Tomas anrufen, sagte ich, und Anne schüttelte den Kopf. Ihr Blick war zur Tür des Theaters geglitten, und als ich mich umdrehte, sah ich, dass Max und Xavier wieder hereingekommen waren. Ich betrachtete Xavier, seine ruhige, zufriedene Miene, bemerkte das ermutigende Lächeln, das er mir schenkte, und zu meiner Überraschung erfasste mich eine kribbelnde Sehnsucht. Ich wollte aufstehen, als Anne zu mir herumfuhr. Nicht jetzt, sagte sie. Sie klang überraschend entschieden. Sie bedeutete Max und Xavier durch einen Wink, nach unten zu kommen, und dann stieg sie mit dem Kaffee in der Hand auf die Bühne, der Kaffee, den Xavier für sie geholt hatte. Sie stellte den Becher auf den Boden und richtete sich zur vollen Größe auf. Okay, sagte sie und klatschte in die Hände. Genug Zeit vertrödelt. Wir legen jetzt los.

TEIL ZWEI

7

WIR SASSEN AN einem Tisch für drei Personen, mitten im Restaurant unter einem Strahler. Während wir sprachen, uns zurücklehnten, Speisekarte oder Glas zur Hand nahmen, waren unsere Gesichter teils erhellt, teils lagen sie im Schatten. Es war das Restaurant, in dem ich mich vor Monaten mit Xavier zum Lunch getroffen hatte, vor seiner Tätigkeit für Anne, vor dem Erfolg von *Ströme*, nur dass wir jetzt zu dritt waren: Xavier, Tomas und ich.

Nachdem wir bestellt hatten, nahm Tomas sein Weinglas zur Hand und erklärte, auf den großen Erfolg des Stücks anstoßen zu wollen. Als er das Glas hob, sah ich zuerst ihn und danach Xavier an, beide lächelten entspannt, ihre Mienen glichen einander, die eine spiegelte die andere. Es stimmte, der Erfolg des Stücks hatte alle Erwartungen übertroffen. *Ströme* war dreimal verlängert worden und nach wie vor ausverkauft, kaum waren Tickets erhältlich, da waren sie schon weg. Die Kritiken waren so einhellig euphorisch gewesen, dass wir uns gelegentlich selbst versucht fühlten, ihnen Glauben zu schenken.

Max und Anne waren gebührend gewürdigt worden, aber das Lob hatte vor allem mir und meiner Darstellung gegolten. Nie zuvor hatte ich so breite Anerkennung erfahren, meine Arbeit war noch nie so gründlich analysiert und interpretiert worden, so wohlwollend schon gar nicht. Meine Agenten hatten plötzlich alle Hände voll zu tun, sie meldeten sich jeden zweiten Tag mit Angeboten für Film, Fernsehen und Theater, manche davon nicht uninteressant, vor Monaten hätte ich viele mit Kusshand angenommen.

Derzeit hatte ich meinen Ehrgeiz jedoch beiseitegelegt, die Welt von Max' Stück fesselte mich immer noch so sehr, dass ich sie auf keinen Fall verlassen wollte. Ich erinnerte mich an meinen Frust während der Proben, an meine Zweifel an Max' Text, all das war mir inzwischen ein Rätsel, ich konnte nicht mehr nachvollziehen, warum ich so empfunden hatte. Max war fraglos die beste Autorin, mit der ich je zusammengearbeitet hatte, sowohl das Stück als auch meine Rolle waren besser als alles, was ich je gespielt hatte. Sie hatte in *Ströme* eine Rolle erschaffen, die eine unerschöpfliche Tiefe und Vielfalt bot, so dass keine Vorstellung wie die andere war. Üblicherweise verfestigt sich eine Rolle im Laufe der Spielzeit, wird also immer vorhersehbarer, aber mit *Ströme* verhielt es sich anders, ich verfiel nicht in eine Routine, wusste nie, was geschehen, welche Version meiner Rolle oder der Story in den Vordergrund treten würde, wenn ich auf die Bühne ging. Ich hatte das Gefühl, die Rolle tausendmal spielen zu können, ohne sie jemals ganz auszuschöpfen oder an die Grenzen ihrer Welt zu stoßen, vermutlich gäbe es stets etwas Neues zu erkunden.

Was die Szene betraf, die mir so große Kopfschmerzen bereitet hatte, so war es inzwischen jene, auf die ich mich am meisten freute, das Bindeglied zwischen den Hälften des Stücks, der Moment der Transformation – Scharnier des gesamten Textes. Kaum war ich im Theater, fieberte ich dem Moment entgegen, wenn ich wieder in diese Szene eintauchen konnte, wartete ich ungeduldig auf die Musik, die mir den Einsatz gab, auf den Teich aus Licht, der auf der nahezu dunklen Bühne erschien. Ich sehnte mich auf eine beinahe triebhafte Art danach. Wenn ich Luft holte und ins Licht trat, schienen sich unzählige Wege aufzutun, die sich verzweigten und wieder verzweigten, ich war immer wieder wie hingerissen von der Unerschöpflichkeit des Stücks, der Bandbreite an Möglichkeiten, die vor mir aufgefächert wurden.

Dann erkundete ich für gut vier Minuten und dreißig Sekunden das Terrain der Szene. Obwohl ich auf der Bühne stand, fühlte sich das Ganze absolut intim an. Nicht, dass ich Publikum, Kontext oder Bühnenbild aus dem Blick verloren hätte. Stattdessen schloss sich in dieser Szene die Lücke zwischen mir selbst und den Personen, die ich spielte, kristallisierte sich vorübergehend ein geschlossenes, stabiles Selbst heraus. Geschah das nur während der paar Minuten auf der Bühne, sonst nie? So kam es mir jedenfalls vor. Obwohl die Szene straff durchgetaktet war, meinte ich, unermesslich viel Muße zu haben, und ließ mir Zeit. Ich beachtete Vorgaben und Hinweise und wich kein einziges Mal vom Text ab, hatte das, was geschah, gleichzeitig aber nicht unter Kontrolle, die Entfaltung der Szene glich einem alchemistischen Prozess, der sich nicht einmal Max oder mir erschloss. Ich trat mit etwas in Kontakt, mit einer Macht, die größer war als ich und den Rahmen meines normalen Lebens sprengte.

Tatsächlich konnte ich unmöglich vorhersagen, als welcher Mensch ich aus dieser Szene hervorgehen würde. Aus diesem Grund – und obwohl Anne und Max längst neue Projekte in Angriff genommen hatten, sowohl bereits anvisierte als auch neue, also auf Jahre hinaus ausgebucht waren und nichts mehr annehmen konnten – war mir stets klar gewesen, dass ich in *Ströme* mitspielen würde, bis das Stück ausliefe. Xavier war mit Anne weitergezogen, seine Bedeutung wuchs täglich, sie stützte sich inzwischen maßgeblich auf ihn. Nicht allein, was ihre Tagesplanung betraf, nein, er erwies sich obendrein als erstaunlich geschickt darin, kleinere Probleme zu lösen, Überschneidungen im Terminplan, verspätete Flüge, derlei Details, ein Talent, das ich ihm nie zugetraut, ja nicht einmal bei ihm vermutet hätte – er wuchs über seine Rolle als Assistent hinaus, übernahm zunehmend kreative Aufgaben, sie hatte sogar angedeutet, er könnte bei ihrem aktuellen Projekt als Regieassistent fungieren. Unter vier Augen hatte sie mir erzählt, er sei begabt und empfindsam – dieses Wort verwendete sie permanent, und es traf zu, wenn Xavier etwas auszeichnete, dann war es seine tiefe Empfindsamkeit.

Das freute mich für ihn. Natürlich fehlte mir seine regelmäßige Anwesenheit im Theater, diese hatte mir die letzten Probentage vor den Previews erleichtert, als noch in den Sternen gestanden hatte, ob wir Erfolg hätten, als noch unklar gewesen war, ob ich mir meine Rolle erschließen und danach ausfüllen könnte, seine Anwesenheit hatte mich, ehrlich gesagt, geerdet. Damit hatte ich nicht gerechnet, ich hatte eher erwartet, gehemmt und verlegen zu sein, wenn ich in seinem Beisein spielte. Doch Xavier entpuppte sich als perfekter Zuschauer, war sowohl anwesend als auch unsichtbar, kam ich von der Bühne, dann bestürmte er mich nicht mit Kommentaren oder Kritik, im Gegensatz zu anderen Leuten schien er nicht das Bedürfnis zu haben, eine Vorstellung um Bemerkungen und Interpretationen zu ergänzen, er ließ sie einfach stehen.

Während der letzten Probenwoche, als sowohl Anne als auch Max eigene Sorgen hatten und mit anderem beschäftigt waren, hatte ich mich gleichfalls auf Xavier gestützt, was dazu beigetragen hatte, unsere Beziehung neu auszutarieren. Im Laufe der ersten ein, zwei Monate nach der Premiere, Anne hatte sich bereits ihrem neuen Projekt zugewandt, kam er jeden Abend ins Theater, manchmal, um mich abzuholen, oft, um der Aufführung beizuwohnen, er meinte, ich scheine meiner Rolle nicht müde zu werden, also werde er des Stücks nicht müde, das sich permanent verändere. Anschließend gingen wir gemeinsam ins Restaurant um die Ecke, wo wir uns mit Tomas zum Dinner trafen. Hin und wieder stießen Josie oder Clarice dazu, manchmal auch Anne, falls sie sich gerade im Viertel aufhielt.

Im Beisein Annes war ich mir stets des Eiertanzes bewusst, den sie, Xavier und ich aufführten – Anne, als Xaviers Mentorin und Arbeitgeberin und jemand, die ihn nach Kräften förderte, Anne, die ihm Türen öffnete, ihn überall einführte, in kreative Denkprozesse einbezog und genau hinhörte, wenn er sprach, allein diese Aufmerksamkeit zeigte eine Wirkung, sie ermöglichte es Xavier, sich selbst auf eine neue Art zu erleben, auf neue Perspektiven zu kommen – auf der einen Seite Anne, und auf der anderen Seite ich, seine Mutter.

Ich wusste, ich musste Xavier den Raum lassen, er selbst zu sein, nicht nur mein Sohn, hatte obendrein Anlass zu dem Wunsch, die Beziehung zwischen ihm und Anne möge sich weiterhin günstig entwickeln. Indem ich ihm Raum ließ, ließ ich auch Raum für Anne, und diesen füllte sie mit Vergnügen aus. Andererseits war es mir unmöglich, die Realität meines

Verhältnisses zu Xavier komplett auszublenden, die im Laufe des Lebens gewachsenen Bindungen und Gemeinsamkeiten. Ich merkte, dass er in Gegenwart Annes etwas befangen war, er wusste sehr wohl, was sie an ihm fand, er begriff, dass ihr Verhältnis nicht nur das zwischen Mentorin und Schützling war, dass etwas anderes hineinspielte.

Am Vorabend war sie mit leichter Verspätung im Restaurant eingetroffen, wir hatten also schon bestellt, doch Xavier hatte ihr zwischendurch immer wieder geschrieben, ein Foto der Speisekarte geschickt, ihre Wünsche an den Kellner übermittelt, Tomas und ich hatten das verwundert mitangesehen, es überraschte uns, dass er so aufmerksam sein konnte. Ich weiß noch, dass es mich ein Stück weit beunruhigte, ihn so verändert zu erleben, was mir offenbar anzusehen war, denn Tomas drückte zärtlich meine Hand, wie um mich daran zu erinnern, dass wir diese Veränderung seit langem herbeigesehnt hatten, dass es eine erwünschte Veränderung war.

Jedenfalls hatte Xavier Annes Bestellung an den Kellner übermittelt, ihre nicht ganz wenigen Sonderwünsche inklusive, und dann begannen wir ein Gespräch, ich hatte Xavier zuletzt vor einer Woche gesehen und brannte darauf zu hören, was es Neues gab. Er sprach schnell, hatte viel über seine Zusammenarbeit mit Anne zu berichten, und ich erinnere mich, dass wir in unser Gespräch vertieft waren, als sie endlich an unseren Tisch trat. Als ich aufblickte, bemerkte ich ihre bestürzte Miene und hätte um ein Haar gefragt, ob etwas nicht stimmte, ob etwas passiert war.

Xavier teilte ihr mit, er habe für sie bestellt, sie komme gerade rechtzeitig, das Essen werde gleich serviert. Sie erwiderte nichts, sah Xavier, der zwischen Josie und mir saß, nur verstimmt an, schaute dann zu ihrem Platz zwischen Tomas und Clarice auf der anderen Seite des relativ großen Tisches. Ich sah ihr an, dass sie fieberhaft nachdachte, bevor sie sich um den Tisch zwängte und Josie auf die Schulter tippte. Ich fürchte, ich muss mit Xavier noch etwas besprechen, sagte sie. Können wir die Plätze tauschen? Josie sah sie verblüfft an, dann stand sie auf.

Sie war noch nicht ganz weg, da sank Anne auf den Stuhl und beanspruchte Xaviers Aufmerksamkeit für sich. Tomas und ich tauschten einen Blick, Josie erschien auf der anderen Seite des Tisches, nicht unbedingt empört, aber doch etwas verärgert, sie unterbrach wiederholt das Gespräch, indem sie Anne bat, ihr das Glas, die Serviette, das Besteck zu reichen, ihr Handy, das noch am alten Platz lag. In Wahrheit, das war mir klar, war ich es, die Anne am liebsten losgeworden wäre, sowohl im konkreten als auch im allgemeineren Sinn, sie hätte mich vermutlich gern von meinem Stuhl geschubst, nur war dies aus Gründen des Alters wie auch der beruflichen Stellung unmöglich, vielleicht verkniff sie es sich auch, weil es sehr plump gewesen wäre. Irgendwann wandte sich Xavier an mich, um nach einem Bezug zu fragen, zu einem Roman, glaube ich, und ergriff dabei liebevoll meine Hand, und mir fiel auf, wie Anne zuerst unsere Hände und danach Xaviers Gesicht anstarrte, sie schien ihren Besitzinstinkt nur mühsam zügeln zu können.

Selbstverständlich ließ sie mir in derlei Situationen den Vorrang – sie wusste, ihre Eifersucht war unsinnig, ja peinlich, in gewisser Weise schlimmer, als aus rein sexuellen Gründen eifersüchtig auf einen Mann zu sein, enthüllender obendrein. Ich wusste sehr wohl, dass Anne sich insgeheim wünschte, nicht ich wäre Xaviers Mutter, sondern sie selbst, obgleich sie das nicht aussprach, sich außerdem im Klaren darüber war, dass jede Beziehung ihre Haken hatte, wäre sie tatsächlich Xaviers Mutter gewesen, dann hätte es zwischen ihm und ihr zweifellos kein so unbeschwertes, inniges Einvernehmen gegeben. Anne hatte keine Kinder, und obwohl Reue ein zu starkes Wort wäre – Anne war kein Mensch, der Gefühlen wie Reue einen Wert beigemessen hätte –, wusste ich, dass sie in ihrer Beziehung zu Xavier etwas fand, das sie so noch nie erlebt hatte.

Tatsächlich freute ich mich über das Interesse, das Anne an Xavier entwickelt hatte, in manchen Momenten hielt ich es sogar für eines der wichtigsten Resultate unserer langjährigen Zusammenarbeit. Xavier war stets etwas haltlos gewesen, übermäßig sensibel, hatte sich zu leicht durch Gefühle erschüttern lassen, im Stillen hatten wir die Sorge gehabt, seine Dünnhäutigkeit könnte sich nachteilig auswirken. Vor allem Tomas war der Ansicht, Xavier müsse lernen, auf eigenen Beinen zu stehen, er lasse sich zu leicht umpusten und entmutigen, wenn es um Xavier ging, sprach er gern von *Rückgrat* und *Stehvermögen*, zwei Eigenschaften, die Xavier nicht frühzeitig genug erworben hatte, wie er meinte. Als ich an jenem Abend miterlebte, wie er unter Josies Unmut und der Belustigung des ganzen Tisches von Anne vereinnahmt wurde, fragte ich mich aber, ob es ihm nicht doch gelingen könnte, sich so durch das Leben zu schlagen, wie er nun einmal war, und nicht so, wie wir es uns in unserer Besorgnis wünschten.

Annes Zuneigung schien jedenfalls täglich zu wachsen, und sogar Tomas ging wohl allmählich auf, dass Xavier sehr wohl fähig war, sich einer Aufgabe zu widmen, dass das, was ihm so große Sorge bereitete – Xaviers Neigung, sich von Gefühlen überwältigen und von Menschen in seinem Umkreis beeinflussen zu lassen –, im Grunde genau das war, was es ihm erlaubte, nach seinen Wünschen zu leben. Nun, da wir alle drei an einem Tisch saßen, wandte sich Tomas an Xavier und sagte: Wir wollen auch auf dich anstoßen, Xavier. Du machst dich prima als Annes Assistent, und wir beide sind sehr stolz auf dich. Du bist dabei, Boden unter die Füße zu bekommen. Xavier errötete, und obwohl er so tat, als wäre Tomas' Lob unwichtig für ihn, wusste ich, dass es ihm viel bedeutete. Xavier verstand sich mit Tomas nicht ganz so gut wie mit mir, doch ich hatte immer wieder den Eindruck, dass er mehr auf Tomas' Zustimmung aus war, gerade weil er diese so selten erfuhr. Alles, was er tat, tat er im Hinblick auf Tomas, alles, was er tat, war eine Botschaft an seinen Vater.

Xavier trank einen Schluck und senkte etwas nervös sein Glas. Dann erzählte er, Anne habe ihm einen Job als Regieassistent in dem Film angeboten, den sie, beginnend im Frühjahr, drehen wolle, ihr erster. Das Projekt überschneide sich mit dem letzten Semester seines Masters, in dem er auch die Abschlussarbeit schreiben müsse, deshalb habe er beschlossen, ein Semester zu pausieren, vielleicht ein ganzes Jahr, je nachdem, wie es laufe. Tomas hatte Bedenken, das sah ich ihm an, ich hingegen war der Meinung, Xavier könne das Studium problemlos für ein, zwei Semester ruhen lassen, und sagte das auch. Seine Arbeit für Anne wird ihm viele Türen öffnen, sagte ich. Und hätte er sich in so jungen Jahren einen Namen gemacht, dann wäre das nicht zu verachten.

Der Kellner hatte das Essen serviert, und Tomas äußerte sich nicht weiter zu dem Thema. Hamburger mit Pommes frites für Xavier, in diesem Restaurant bestellte er immer Hamburger mit Pommes frites. Ist doch egal, in welchem Semester er seinen Master macht, ob in diesem oder im nächsten, sagte ich, nachdem der Kellner gegangen war. Ich sah Xavier an, doch sein Blick glitt zu Tomas, er wirkte angespannt und verunsichert, schien mich komischerweise nicht anschauen zu wollen. Tomas aß einen Happen und wischte sich den Mund ab. Findest du nicht auch, Tomas?, fragte ich ungeduldig. Er kaute weiter, langsam und bedächtig, als wäre der Kauvorgang das Elementarste überhaupt, wichtiger als unser Kind und dessen Glück. Schließlich sprach er. Du solltest besser zuerst deinen Abschluss machen, sagte er, den Blick auf Xavier geheftet. Besser, du ziehst es durch, sagte er, während ich genervt auf dem Stuhl zurücksank. Du weißt ja, für wie wichtig ich es halte, etwas durchzuziehen, Xavier.

Tomas, sagte ich, indem ich Xaviers Hand ergriff. Xavier senkte den Kopf und befingerte die Serviette, ein Verhalten, das Tomas erfahrungsgemäß nur weiter verärgern würde. Es wäre bloß ein Semester. Tomas sah mich stirnrunzelnd an, ich wusste, dass er der Ansicht war, ich würde Xaviers mangelnde Zielstrebigkeit zu oft in Schutz nehmen, vermutlich wusste er, dass das zumindest teilweise daran lag, dass ich meine eigenen Schwächen und Fehler in Xavier gespiegelt sah. Hätte ich diesen bestimmten Job nicht für mich entdeckt, hätte mir die Begabung dafür gefehlt, dann wäre mein Lebensweg zweifellos unstet verlaufen. Zu meiner Überraschung zuckte Tomas nach längerem Schweigen mit den Schultern. Vielleicht hast du recht, sagte er und lächelte Xavier an. Was ich vorhin gesagt habe, war mir ernst. Ich freue mich über alles, was sich für dich ergibt, ich freue mich, dass Anne dich unter ihre Fittiche genommen hat.

Xavier schien diese Worte jedoch nicht als ermutigend aufzufassen, wirkte stattdessen noch angespannter, und dann platzte aus ihm heraus, er müsse noch etwas mit uns besprechen. Der Mietvertrag für mein Apartment läuft aus, sagte er. Schwer zu sagen, ob es sinnvoll wäre, ihn zu erneuern, zumal wenn ich an dem Film mitarbeite und wochenlang nicht in der Stadt bin. Wir nickten beide, ich hatte den Eindruck, dass sich Tomas auf alles Mögliche gefasst machte. Xavier zögerte. Könnte ich vielleicht bei euch wohnen, nur für ein paar Monate? Das ist viel verlangt, ich weiß, fuhr er fort. Ich wäre aber kaum da, meine Arbeitstage wären lang, und ich hätte auch am Wochenende zu tun, meint Anne.

Wider Erwarten entgegnete Tomas nichts, sondern schaute mich an. Mein Kopf war plötzlich wie leer gefegt, er schien verrückterweise nichts mehr zu enthalten, da war nur eine unbeschreibliche Leere. Ich hob die Hand vor mein Gesicht, und Tomas ergriff sie, ich spürte seine warmen Finger. Ich sah ihn an und wurde von Erleichterung durchflutet, es war, als hätte ich mein Stichwort erhalten. An Xavier gewandt, sagte ich: Aber natürlich. Ich legte die freie Hand, die andere wurde noch von Tomas gehalten, auf die von Xavier. Er drehte meine Hand um und umschloss sie mit den Fingern, und so verharrten wir, alle drei, und ich sagte zu Xavier: Du kannst bleiben, solange du magst, schließlich ist es auch dein Zuhause.

Xavier sah nicht mich an, sondern Tomas, der gemessen nickte und meine Hand losließ. Wann willst du einziehen?, fragte er. Ich löste die andere Hand aus Xaviers Griff und nahm mein Glas. Xavier zögerte und sagte dann: Gern am kommenden Wochenende, ginge das? Am kommenden Wochenende?, fragte Tomas scharf. Wir haben doch erst Mitte des Monats. Ja, ich weiß, sagte Xavier und lehnte sich auf dem Stuhl zurück, leise ausatmend, das tat er oft, es war ein nervöser Tick. Anne hält mich hier rund um die Uhr auf Trab. Das Pendeln ist extrem zeitraubend, ich fühle mich inzwischen ausgelaugt, andererseits möchte ich Anne nicht enttäuschen.

Ich sah unbehaglich zu Tomas, der meinen Blick erwiderte. Er zuckte leise mit den Schultern. Er wandte sich an Xavier. Wir wollen dir natürlich helfen, Xavier, sagte er und verstummte kurz. Ich nehme an, dir ist bewusst, dass ich den ganzen Tag zu Hause arbeite.

Ich werde nicht da sein, versprochen, beeilte sich Xavier zu sagen. Ich muss in aller Frühe los, und abends bin ich meist unterwegs, ihr werdet gar nicht merken, dass ich da bin.

Wir wollen merken, dass du da bist, sagte ich. Oder willst du, dass wir einander passieren wie Schiffe in der Nacht? Ich merkte, dass Tomas erwog, Xavier um Bedenkzeit zu bitten, ich merkte, dass er die Sache gern mit mir allein besprochen hätte, ohne Xavier. Ich strahlte Tomas an, genau genommen war es egal, ob Xavier an diesem Abend oder in zwei Wochen einzöge. Ich hatte das Gefühl, dass ein zweites Gespräch geführt wurde, eines, das sich in diesem oder darunter verbarg, eines, dessen Worte so gedämpft waren, dass nur ich sie nicht zu hören vermochte, die beiden hatten ein schwieriges Verhältnis, stets wurde irgendetwas zwischen ihnen verhandelt.

Du kannst einziehen, wann es dir passt, sagte ich nachdrücklich zu Xavier. Meinetwegen noch heute Abend, falls nötig. Tomas schaute milder drein, und ich wusste, er hatte sich entschieden. Es ist eine Übergangslösung, ist dir das klar? Xavier nickte. Ja, absolut, das verspreche ich. Du machst also erst deinen Abschluss?, fragte Tomas. Im Gegenzug für die Unterkunft, meinst du?, erwiderte Xavier. Er klang so schneidend, als wollte er mit dieser Frage provozieren, aber dann sah ich, dass er ruhig und gelassen dreinschaute, seine Frage war offenbar ernst gemeint, er schien entschlossen zu sein, alle Erwartungen und Verpflichtungen zu erfüllen. Tomas schüttelte den Kopf, sagte aber nichts weiter.

Wir vereinbarten, Xavier solle am Samstagvormittag einziehen. Nach dem Essen, wir standen draußen vor dem Restaurant, schloss ich Xavier in die Arme, drückte ihn fest. Ich meinte, einen Laut der Überraschung zu hören, aber das war wohl Einbildung, er erwiderte die Umarmung und senkte den Kopf neben meinen. Der sanfte Druck seiner Wange. In diesem Moment fiel mir ein, wie es gewesen war, ihn als Kind zu umarmen, sein nach Tier riechender Nacken, ein überwältigendes Gefühl. Ich schob ihn fort und sagte, er solle besser aufbrechen, geh schon, sonst muss ich gleich weinen.

Wir sahen ihn zur Subway gehen. Tomas ergriff meine Hand und drehte mich behutsam zu sich um. Glaubst du, es geht ihm gut?, fragte ich. Ich hoffe mal. Wir traten den Rückweg zum Apartment an. Und du, fragte Tomas wie nebenbei, wie geht's dir? Mir geht's gut, sagte ich. Bestens sogar. Wir kehrten heim, und Tomas fragte, ob ich vor dem Zubettgehen noch einen Drink wolle. Einen Schlaftrunk, wie wir es nannten. Ich bejahte und folgte ihm in die Küche, nachdem ich

Mantel und Tasche aufgehängt, meine Schuhe ausgezogen hatte.

Er schenkte einen Whisky ein und reichte mir das Glas. Das wird schon, sagte er, und ich nickte. Die Spielzeit nähert sich dem Ende, da werde ich etwas Abwechslung gut gebrauchen können. Das schien ihn zu beruhigen, ich wusste, es hatte ihn beschäftigt, wie es für mich wäre, das Stück und die damit zusammenhängende Welt hinter mir lassen zu müssen. Er griff lächelnd nach meiner Hand, streichelte sie liebevoll. Er sah mir in die Augen, und wir stießen an, zwei Menschen in der Mitte ihres Lebens, und dann gingen wir zu Bett.

8

XAVIERS ZIMMER WAR voller Krimskrams gewesen, der sich im Laufe der Jahre angehäuft hatte, Dinge von rätselhafter Herkunft, deren Kauf ich nicht erinnern konnte. Plötzlich kam es mir fahrlässig vor, dass wir das Zimmer unseres Sohnes in ein zusätzliches Schlafzimmer umgewandelt hatten, das eher für Gäste denn für Familie gedacht war. Warum hatten wir es damit so eilig gehabt, der Raum wurde eigentlich nicht benötigt, wir hatten ihn vor allem als Rumpelkammer genutzt. Xaviers alte Sachen waren weg, wir hatten alles in Kartons eingelagert.

Es kostete mich mehrere Tage, das Zimmer für Xaviers Ankunft herzurichten. Ich wischte Staub, saugte und schrubbte, ich wusch die Bezüge und bezog das Bett. Es gab einen Nachttisch und einen Sessel, das war es im Grunde, die Einrichtung war eher spartanisch. Als ich dastand und überlegte, was außerdem nötig wäre, hatte ich vor Augen, wie das Zimmer in seiner Jugend ausgesehen hatte, ein Chaos von dreckigen Klamotten und halb verputzten Sandwiches, eine Unordnung, die mir fast den letzten Nerv geraubt hätte, nun aber nostalgische Gefühle in mir weckte. Ich selbst hatte damals viel zu oft zwischen Tür und Angel gelebt, Wochen und Monate in irgendwelchen Unterkünften verbracht, war viel zu häufig unterwegs gewesen, das gehörte zu meinem Job. Nun wollte ich es Xavier unbedingt gemütlich machen, damit er nicht das Gefühl hatte, in einer Bruchbude zu hausen, wollte ihm das Gefühl geben, willkommen zu sein, dass es im Apartment Raum für ihn gab, dass er keinerlei Zwängen unterworfen war, während er hier wohnte.

Nachdem ich das Schlafzimmer hergerichtet hatte, wirbelte ich weiter herum, obgleich es eigentlich nichts mehr zu tun gab. Das Apartment war noch nie so sauber oder vorzeigbar gewesen. Ein Showroom unseres Lebens. Ich bemerkte mehrmals, wie Tomas mich beobachtete, während ich im Apartment zugange war, putzte und aufräumte und danach abermals putzte und aufräumte. Es ist bloß Xavier, neckte mich Tomas. Kein Fremder. Denk daran, er soll sich hier nicht einnisten, er darf es sich nicht zu gemütlich machen. Ich wischte diese Worte weg, es war typisch Tomas, so etwas zu sagen, derlei Bemerkungen waren ein Grund dafür, dass sein Verhältnis zu unserem Sohn latent angespannt war.

Am Samstagmorgen ertönte der Summer unerwartet früh. Tomas und ich tranken den ersten Kaffee, und obwohl Xavier sein Kommen angekündigt hatte, wechselten wir einen überraschten Blick. Tomas berührte mich an der Schulter, als wollte er mir Mut machen, vielleicht auch sich selbst, dann drückte er den Knopf für die Tür. Minuten später hörten wir den hellen Ton des Fahrstuhls, dann wurde geklopft, und als Tomas die Tür öffnete, stand Xavier da.

Wir starrten ihn einen Moment an, danach den Berg seiner Taschen, Koffer und Kartons neben ihm. Weder Tomas noch ich traten beiseite, damit Xavier hereinkommen konnte, weder Tomas noch ich sprachen ein Wort. Endlich schien Tomas seine Erstarrung abzuschütteln, er griff nach einer Tasche, und sie begannen, Xaviers Sachen zu zweit ins Schlafzimmer zu schaffen. Ich hatte Handtücher auf das frisch bezogene Bett gelegt wie für einen Freund oder entfernten Verwandten, der eine Nacht zu bleiben gedachte. Während ich zusah, wie Xavier und Tomas die unzähligen Koffer und Kartons ins Apartment schleppten, begriff ich aber, dass es hier nicht nur um ein oder zwei Monate ging, dass dies etwas ganz anderes war.

Ich verkündete, im Café rasch etwas für das Frühstück besorgen zu wollen. Ich eilte durch den Flur ins Schlafzimmer, ohne auf eine Reaktion zu warten, zog mich an, legte Lippenstift auf und bürstete meine Haare. Für einen Moment war es mir peinlich, dass Xavier mich so zerzaust gesehen hatte. Hinter der Tür ertönten die Geräusche von Taschen, die auf den Fußboden gestellt wurden, des Öffnens und Schließens und erneuten Öffnens der Wohnungstür. Ich hörte, wie Xavier Tomas etwas zurief, wie dieser gedämpft antwortete, ich verstand zwar keine einzelnen Wörter, konnte aber den kameradschaftlichen Grundton heraushören. In meiner Abwesenheit, fiel mir ein, hatten sie sich stets besser verstanden, war ich fort, dann fiel ihnen der Umgang miteinander leichter. Ich griff nach Schlüsseln und Portemonnaie, und als ich zum Vorschein kam, war Xavier schon wieder auf dem Weg zum Fahrstuhl. Unten stünden noch ein paar Taschen, sagte er. Tomas schwieg, und als sich die Fahrstuhltüren schlossen, meinte er, in unserem Lagerraum im Keller sei noch Platz.

Er schien mit sich selbst zu sprechen. Ich betrachtete die Sammlung von Taschen und Kartons, nichts davon war mir vertraut, die Sachen schienen einem Fremden zu gehören. Hat all das hier Platz?, fragte ich Tomas, und er zuckte die

Schultern und antwortete, es werde schon klappen, er war sonderbar gleichmütig. Alles okay?, fragte er, indem er mich am Arm berührte, ich konnte spüren, wie seine Finger über meinen Ellbogen glitten, über den Unterarm, bemerkte seine zärtliche Sorge. Ich war verblüfft, und dann, er sah mich weiter an, ärgerte ich mich ein wenig über seine Besorgnis.

Da glitten die Fahrstuhltüren auf, und Xavier erschien mit weiterem Gepäck und einem gerahmten Poster, und nun stöhnte selbst Tomas verhalten, als er einen Karton entgegennahm. In dem Karton, den Tomas trug, befanden sich Bücher, ein Wasserkocher, sogar eine Topfpflanze, und mein Blick haftete auf den Wedeln, die seinen Armen entsprossen, bis ich mir schließlich die Worte abrang, ich sei kurz weg, und aus dem Apartment verschwand.

Durch die Straße gehend, trat mir das Leben, das Tomas und ich führten, ganz neu vor Augen. Wir hatten uns dieses Leben im Laufe unserer Ehe aufgebaut, seine Textur bestand aus zahllosen Gemeinsamkeiten und Intimitäten, es war ein so straffes Gewebe, dass es meinem Gefühl nach keinen Raum für eine weitere Person bot. Ich betrat das Café und bestellte, spürte noch die draußen herrschende Kälte im Gesicht. Ich rief mir in Erinnerung, dass wir jahrelang zu dritt gewesen waren. Dass sich unser Leben wieder weiten konnte, nachdem es geschrumpft war. Ein Abschied und nun eine Rückkehr, so musste ich die Sache sehen. Die Frau reichte mir das Bestellte, ich nahm die Tüte entgegen und wandte mich zum Gehen, schärfte mir ein, dass es schlicht der heimkehrende Xavier war.

Ich kehrte mit der Tüte voller Gebäck ins Apartment zurück, hatte mich wieder gefasst. Wie ich feststellte, waren

Xaviers Berge von Gepäck ordentlich in seinem Schlafzimmer verstaut worden, die Tür war zu. Tomas und Xavier saßen in der Küche. Xavier sprach so rasant, als hätte er ein extrem wichtiges Anliegen, Tomas wiederum nickte, sichtlich Anteil nehmend, sie wirkten so innig, dass ich unwillkürlich einen Schritt zurückwich. Schwer zu sagen, wann ich sie zuletzt so miteinander hatte sprechen sehen, wann Xavier zuletzt so sehr daran gelegen hatte, seinem Vater etwas verständlich zu machen.

Bei meinem Eintreten richteten sich beide auf. Xavier errötete, Tomas' Miene hingegen blieb ausdruckslos. Alles in Ordnung?, fragte ich, und beide nickten. Ich wandte mich ab, um Teller, Gläser und Besteck zu holen, beschäftigte mich mit dem, was zur Hand war. Als ich mich wieder umdrehte, waren sie ein Stückchen voneinander abgerückt, und mein Eindruck, sie gestört zu haben, wuchs sich zu etwas anderem aus, mir kam der Gedanke, dass sich ihr Verhältnis doch noch wandeln, dass gewisse Dinge nun endlich geklärt werden würden. Ich setzte mich zu ihnen an den Tisch und schenkte Kaffee ein, ich tat das Gebäck auf einen Teller, es war ein Frühstück, wie wir es seit Xaviers Kindheit kannten.

Tomas nahm ein Croissant, zerteilte es und tunkte es in den Kaffee. Er aß mit bedachtem, stetem Gusto, er hielt stets das rechte Maß, nie zu viel, nie zu wenig. Xavier stand auf, er sagte, er sei nicht hungrig, müsse ohnehin los, Anne brauche ihn. Ich sah etwas verwirrt und, wie ich merkte, enttäuscht auf. An einem Samstag? Um diese Uhrzeit?, fragte ich. Er zuckte die Schultern und erklärte dann, er habe ja gesagt, dass er an den meisten Tagen fort sei, dass wir ihn kaum bemerken würden. Er klang eine Spur gereizt, warum, verstand ich nicht ganz, und ich wiederholte, wir würden uns sehr darüber freuen, dass er da sei, wir beide, er könne so lange bleiben wie nötig.

Als Xavier seinen Mantel anzog, sah ich Tomas böse und verärgert an, sein Anblick war mir sekundenlang unerträglich, wie konnte er mit so gesundem Appetit essen. Ich tat das Gebäck wieder in die Tüte und bot es Xavier an. Nimm das mit, sagte ich, du kannst es mit Anne teilen. Sie erwartet doch bestimmt, dass du etwas zum Frühstück mitbringst? Er betrachtete die Tüte, lächelte mich, als er sie hinnahm, leise und verschwörerisch an und schloss den Mantel. Ja, das tut sie, sagte er. Woher weißt du das? Ich erinnerte ihn daran, wie lange ich Anne schon kannte. Aber nicht so wie ich, entgegnete er trocken. Ich drückte seine Hand und sagte: Ich habe sie mit ihren Assistenten erlebt. Das entlockte ihm ein weiteres Lächeln. Es könne spät werden, sagte er, und ich bat ihn, uns zu informieren, wir würden wie gewohnt nach der Vorstellung essen gehen. Er nickte und griff nach den Schlüsseln, die mitten auf dem Tisch lagen. Seine Finger schlossen sich um den Bund. Verlier sie nicht, sagte Tomas. Wir haben keine weiteren Ersatzschlüssel. Bestimmt nicht, sagte Xavier.

Und dann war er weg. Die Küche wirkte plötzlich verwaist. Tomas zeigte auf seinen Nachbarstuhl, auf dem Xavier bis eben gesessen hatte, und ich setzte mich, den Kaffee in der Hand. Ich sah mich unruhig um, Xavier hatte seinen Schal auf dem Küchentresen liegenlassen. Wie um Himmels willen hat das ganze Zeug ins Zimmer gepasst?, fragte ich. Tomas zuckte die Schultern. Er kann sich darin kaum noch bewegen, sagte er. Morgen helfe ich ihm, einen Teil in den Keller zu bringen. Er wollte unbedingt alles in sein Zimmer räumen, nichts sollte im Flur oder im Wohnzimmer bleiben, da war er sehr dezidiert. Tomas sah mich an. Er bemüht sich, sagte er. Ich nickte und nahm den Schal vom Tresen, Xaviers Schal.

Ich knetete den weichen Stoff und studierte das Etikett, eine teure Marke. Offenbar ein Geschenk, wahrscheinlich von Anne, Xavier selbst hätte sich so etwas nicht ausgesucht – zu konservativ, vom Stil her zu betulich. Trotzdem war der Stoff abgenutzt und hatte Knötchen gebildet, und da fiel mir ein, dass ich Xavier mit diesem Schal gesehen hatte, sehr oft sogar, ich erinnerte mich an mehrere Gelegenheiten, sah vor mir, wie er ihn über die Schulter warf, wie er zusammengeknüllt auf einem Stuhl im Restaurant lag. Eine Hand, die verharrte und sich schloss. Warum fiel mir das erst jetzt ein? Ich führte mir die diversen Gelegenheiten vor Augen, konnte sie aber nicht klar einordnen, sie blieben merkwürdig unkonkret, wirkten einerseits in sich geschlossen, erschienen ungebeten und in allen Details, andererseits waren sie wie zusammengestückelt, fast wie erfunden, und erweckten den Eindruck, bei einer gründlichen Betrachtung zerfallen zu können.

Ich räumte den Schal weg und stand auf. Ich glaube, ich lege mich nochmal hin, sagte ich. Gestern hatte ich eine Matinee und eine Abendvorstellung, ich hätte nicht so früh aufstehen dürfen. Tomas ergriff meine Hand und streichelte sie. Kannst du es dir erlauben, heute Vormittag im Bett zu bleiben?, fragte er. Und ich nickte. Auf dem Weg zum Schlafzimmer kam ich an Xaviers Zimmer vorbei und verlangsamte meine Schritte, um die Berge seiner Taschen und Koffer zu betrachten. Er hatte eine Reisetasche auf das Bett entleert, vielleicht auf der Suche nach frischen Kleidern, nun lagen Hemden, Sweatshirts und Hosen durcheinander, ein merkwürdig intimer Anblick. Ich musste wieder an den Schal denken, den er in der Küche vergessen hatte, und fragte mich, ob ihm kalt war. Sein bloßer Hals. Im Weitergehen fiel mir auf, wie ruhig das Apartment war, ruhiger als je zuvor, bildete ich mir ein, so ruhig, dass ich nur Stille hörte, sonst nichts.

Wir entwickelten rasch eine Routine, eine Struktur für unser neuerliches Zusammenleben. Vertraute Komponenten in neuer Konstellation. Tomas und ich erwachten immer zeitig, in unserem Alter hielten wir es offenbar selbst dann nicht mehr lange im Bett aus, wenn nichts Konkretes anstand, keine Termine oder Fristen, selbst wenn wir am Vorabend spät heimgekehrt und noch später schlafen gegangen waren – selbst dann erwachten wir spätestens um sechs oder sieben. Zu unserer Überraschung ging es Xavier genauso, oft war er schon wach, wenn wir aus dem Schlafzimmer kamen, oft hatte er schon die Kaffeemaschine angestellt und zog sich gerade den Mantel an, um im Café etwas Gebäck und das Sandwich mit Ei zu besorgen, das er jetzt gern zum Frühstück aß, wenn ich an der Reihe war, morgens hinauszugehen, brachte ich es inzwischen für ihn mit.

Zurück im Apartment, stellte er das Essen hin und schenkte Kaffee ein, und was uns am stärksten überraschte – jedenfalls mich –, war die Selbstverständlichkeit, mit der er das tat, er schien irgendwann gelernt zu haben, wie man lebte und für sich und andere sorgte. All das schien er keineswegs zu tun, um uns zu gefallen oder uns vor Augen zu führen, dass er nun ein verantwortungsbewusster Mensch war, wir es also nicht bereuen mussten, ihn zu Hause aufgenommen zu haben. Er räumte stets auf, spülte das Geschirr und steckte seine Wäsche eigenhändig in die Maschine, ich begann mich zu fragen, von wem er das gelernt hatte. Weder Tomas noch ich hatten ihm beigebracht, sich ein Omelett zuzubereiten, wenn er spät von der Arbeit kam, seinen Mantel nicht über einen Stuhl zu werfen, sondern ordentlich aufzuhängen, ab und zu Blumen zu kaufen und diese so sorgfältig in einer Vase zu arrangieren, wie nicht einmal ich es vermocht hätte.

Er hatte sich verändert, war in vieler Hinsicht erwachsener und reifer geworden, und manchmal merkte ich, dass Tomas genau wie ich in nicht geringem Maße stolz auf ihn war. Tatsächlich hatten wir nicht den Eindruck, dass unser Kind wieder bei uns wohnte, stattdessen schien Xavier sich verändert zu haben, exakt wie von uns ersehnt, wir schienen eine ideale Ausgabe seiner Person zurückerhalten zu haben. Im Laufe der Tage wurde mir bewusst, dass der Mensch, der jetzt bei uns wohnte, kaum noch etwas mit dem Kind zu tun hatte, das ich erinnerte, schon gar nicht mit dem Jugendlichen. Er war wie ein vertrauter Fremder, jemand, den man seit einer Ewigkeit kannte, wenn auch nur flüchtig, oder wie jemand, mit dem man vor langer Zeit vorübergehend, aber sehr intensiv zu tun gehabt hatte, so dass die Vertrautheit, die man zu spüren meinte, stets etwas Gedämpftes, stets etwas Getrübtes, stets etwas Beängstigendes an sich hatte.

Vielleicht bedeutete es genau das, ein erwachsenes Kind zu haben. Die vollzogene Abnabelung führte zwangsläufig zu einer gewissen Entfremdung. Trotz des Glücks, das in unserem wiedervereinten Haushalt herrschte – und ich war überzeugt, es war Glück –, hatte ich nicht den Eindruck, dass Xavier sich wirklich zu Hause fühlte. Zwar schien er sich nicht nur in körperlicher oder materieller Hinsicht wohlzufühlen, sondern rundum, hatte sich aber im Kern zu einem Menschen entwickelt, der sich überall zu Hause fühlen konnte, egal wo. Möglicherweise hatte er durch seine Arbeit mit Anne ein gewisses Selbstvertrauen gewonnen, aber auch erfahren, wie wichtig es war, anpassungsfähig und aufgeschlossen zu sein, dass es, wollte man im Leben vorankommen, von entscheidender Bedeutung war, so zu sein wie von anderen erwünscht. Obwohl Xavier sich sichtlich zu Hause fühlte, verhielt er sich nicht, als wäre er in seinem eigenen Zuhause, füllte er den Raum nicht aus wie jemand, der eben diesen Raum tatsächlich einmal bewohnt hatte.

Manchmal sah ich, wie er in der Küche etwas suchte, Schubladen und Schränke öffnete, er verhielt sich in diesen Fällen wie jemand in einem Ferienhaus, bewegte sich in den Zimmern, als wären sie ihm neu. Ich erkundigte mich dann, was er suchte – ein Brotmesser, eine neue Rolle Haushaltspapier, das Olivenöl –, erklärte, wo es zu finden war – in der zweiten Schublade, in der Speisekammer, im rechten Schrank, am angestammten Ort –, und sah zu, wie er die Schubladen betrachtete, die richtige fand und öffnete, als hätte er das nicht schon Hunderte oder gar Tausende Male getan, als hätte er das nicht zeitlebens getan. Er holte das Messer heraus, und dann schnitt er das Brot, als wäre ihm die Klinge neu, er schien komplett vergessen zu haben, dass er früher hier gewohnt hatte.

All das war, wie ich gestehe, ein wenig beunruhigend, manchmal wurde mir schlagartig schwindelig, dann schien er das gesamte Apartment zu sich heranzuziehen, so dass man meinte, es wäre nicht er, mit dem etwas nicht stimmte, sondern die Wohnung. Bis in die Architektur hinein war schlagartig alles wie verzerrt. Aber meist, meist war ich froh, dass Xavier bei uns wohnte, es war ein Vergnügen, morgens mit ihm zu frühstücken. Danach war er wie angekündigt den ganzen Tag fort, verließ das Apartment unmittelbar nach dem Frühstück und kehrte kurz vor Mitternacht zurück, so dass ich befürchtete, er könnte zu wenig schlafen, und mich um seine Gesundheit sorgte. Musste er morgens so zeitig los, dass wir ihn nicht mehr zu Gesicht bekamen, so war ich enttäuscht und wartete abends auf seine Heimkehr.

Gut möglich, dass ich mehr ersehnte. Er nahm keinen Raum für sich in Anspruch, tagsüber und bis in den Abend vergaß man oft, dass er bei uns wohnte, an der Aufteilung des Apartments schien sich nichts geändert zu haben. Der am Morgen seines Einzugs auf dem Küchentresen vergessene Schal blieb eine Ausnahme, in den Zimmern, die wir gemeinsam nutzten, zeugte nichts von seiner Gegenwart. Manchmal betrat ich sein Zimmer, vorgeblich, um den Papierkorb zu leeren oder frische Bezüge auf das Bett zu legen, mimte also die treusorgende Mutter, wollte mich in Wahrheit aber davon überzeugen, dass er tatsächlich bei uns wohnte, dass es keine Einbildung war, sondern Wirklichkeit, Wirklichkeit, greifbare Wirklichkeit.

Auch sein Zimmer war verblüffend ordentlich, die Kleider lagen stets sorgsam gefaltet in der Kommode oder hingen im Schrank, auf dem Fußboden flogen weder Socken noch Unterhosen herum, auf dem Nachttisch hatten sich keine leeren Gläser oder Kaffeetassen angesammelt, die Bücher waren penibel gestapelt, schienen aber nie zur Hand genommen zu werden, die Anordnung blieb stets gleich – Montaigne, Brecht, Drehbücher von Bergman, ich fuhr mit einem Finger über die Buchrücken. Ich hatte Xavier von Beginn an als Leseratte gesehen, als Kind hatte man ihn nicht ohne Buch gekannt, was allerdings nicht nur einer natürlichen Neigung, sondern auch der Notwendigkeit geschuldet war, er hatte als Kind oft lange Wartezeiten überbrücken müssen, in einer Garderobe oder allein im Apartment, rückblickend schien mir, als wäre er während seiner Kindheit sowohl da als auch nicht da gewesen. Vielleicht war es aber auch so, dass ich sowohl da als auch nicht da gewesen war, als hätte sich Xaviers Kindheit irgendwo nebenan abgespielt, ohne dass ich sie im Detail miterlebt hätte.

Eines hatte ich aber in Erinnerung, eines stand mir noch lebhaft vor Augen, und zwar das Lesen, ein kleines Kind, das stets ein Buch dabeihatte, ein kleines Kind, das stets ein Stück weit in anderen Welten zu weilen schien, mit dem Herzen und den Gedanken woanders war. Jetzt sah ich Xavier so gut wie nie mit einem Buch, auch diesbezüglich hatte er sich verändert. Eines Morgens wollte ich in einem Anflug von Nostalgie wissen, warum er nicht mehr lese. Er sah mich an, ausdruckslos und doch verblüfft, als wäre er kalt erwischt worden, als wollte ich ihm mit dieser Frage auf den Zahn fühlen. Ich sah ihm an, dass er fieberhaft nachdachte, eine Folge rascher Überlegungen anstellte, ich begriff, dass er die Frage als Kritik, vielleicht sogar als Vorwurf aufgefasst hatte. Der Moment zog sich endlos in die Länge, auf ungute Art. Ich bereute meine Frage und wollte schon etwas sagen, ihn bitten, es einfach zu vergessen, da räusperte er sich und sagte, Anne überhäufe ihn mit Arbeit, der einzige Nachteil des Jobs bestehe darin, dass ihm keine Zeit zum Lesen bleibe. Ich weiß noch, dass ich diese Formulierung merkwürdig fand, zu phrasenhaft für ein persönliches Gespräch, nickte aber und wechselte das Thema, ließ die Sache auf sich beruhen. Wie ich merkte, beschäftigte ihn die Frage weiterhin, obwohl wir längst bei anderen Themen waren, am Küchentisch sitzend ein Gespräch führten, ihm war anzusehen, wie es gleichzeitig in ihm arbeitete.

Bald darauf, vielleicht sogar noch am gleichen Tag, begannen sich in seinem Zimmer neue Bücher anzusammeln, deren Titel mir nichts sagten, Bücher über Philosophie und Theorie, Kunstbände und Biologiewälzer, anspruchsvolle Bücher, die ich ihn nie lesen sah, ich hörte ihn auch nie davon sprechen, und trotzdem wuchs ihre Zahl atemberaubend schnell. Sie blieben in seinem Zimmer, und sie wären mir wohl nie aufgefallen, wäre ich nicht weiterhin gelegentlich eingetreten. Dafür gab es stets einen plausiblen Vorwand. Er hielt weiterhin Ordnung, das Bett war gemacht, die Schuhe penibel vor der Wand aufgereiht, nur die Bücherstapel wuchsen. Außerdem fiel mir auf, dass sich die Anordnung der Bücher regelmäßig veränderte, als würde er sie täglich durchsehen und neu ordnen, nur war es mir ein Rätsel, zu welchem Zweck, mit welcher Absicht dies geschah.

9

SELBSTVERSTÄNDLICH TRUG ICH dies nicht an Tomas heran. Zu sagen, Xavier kaufe Bücher, die er nicht lese, zu berichten, dass sich die Anordnung der ständig wachsenden Zahl von Büchern regelmäßig ändere, obgleich wir ihn nie lesen sahen, hätte absurd geklungen – das wäre grotesk, zu grotesk gewesen, um laut ausgesprochen oder auch nur halblaut gedacht zu werden, manchmal fragte ich mich, ob es schlicht Einbildung war. Würde ich Tomas davon erzählen, dann würde sich zweifellos die Falte auf seiner Stirn bilden, eine Falte, die bedeutete, dass er beunruhigt war, dass meine Lebensweise ein weiteres Mal Anlass zur Sorge bot.

Eines Morgens stellten wir nach dem Aufstehen fest, dass Xavier bereits weg war, zuvor aber noch eine Tüte mit Gebäck geholt hatte, mir wurde wieder bewusst, was für ein Vorzeigesohn er jetzt war. Tomas und ich saßen in der Küche und frühstückten. Er schenkte Kaffee nach und musterte anschließend die mitten auf dem Tisch stehende Backware. Er ließ sich unglaublich viel Zeit beim Nachdenken, andererseits dauerte es seit jeher lange, bis er sich entschied, es war mir also vertraut. Aber war der Prozess der Entscheidungsfindung tatsächlich so spannend? Es handelte sich um die übliche Auswahl. Ich war unruhig und dachte, dass dieser Morgen ohne Xaviers Anwesenheit exakt wie immer war, wie vor seinem Einzug, zugleich aber ganz anders.

Tomas fischte behutsam einen Kopenhagener heraus, begutachtete dessen Rand und biss ab, bevor er zu sprechen begann. Richtig still heute Morgen, sagte er und schluckte. Andererseits ist es beinahe genauso still, wenn Xavier da ist. Manchmal horche ich, um hören zu können, wie er spätabends heimkehrt, wie sich der Schlüssel im Schloss dreht. Er biss ein weiteres Mal vom Kopenhagener ab und fuhr fort. Oder ich spitze die Ohren, wenn er in die Küche geht, weil ich hören will, ob er sich etwas zu trinken holt, dann warte ich auf das Geräusch des Wasserhahns, das Klacken, mit dem ein Glas auf den Tresen gestellt wird. Ich betrachtete Tomas gebannt, er sprach so liebevoll, so zugewandt. Ich hatte vor Augen, wie er ein Glas gegen die Wand drückte, vielleicht sogar das geleerte Glas aus der Küche, eine so verstörende Vorstellung, dass ich dieses Bild verdrängte, als schlösse ich ruckartig eine Tür.

Plötzlich war da eine Distanz zwischen uns, die Barriere der Tür. Wer hätte das gedacht?, sagte Tomas, und in seinem Ton schwang leise Verwunderung mit. Ich hätte nie geglaubt, dass er jemals so still sein könnte, so … Er verstummte kurz. So rücksichtsvoll.

Vielleicht bedeutet es, dass er sich hier nicht ganz wohl fühlt, sagte ich.

Tomas sah mich nachdenklich an, fragte dann, ob ich der Ansicht sei, wir sollten Xavier mehr Wohnraum zugestehen, ihm sagen, er dürfe sich im Apartment weiter ausbreiten. Als er damals eingezogen ist, sagte er, da hast du komisch reagiert, weißt du noch? Du bist sofort hinausgerannt, als hätte es dich verstört, ihn im Flur zu sehen.

Er betrachtete mich eindringlich, ich konnte seinen forschenden Blick förmlich auf der Haut spüren, und ich schüttelte den Kopf, als wollte ich ihn abschütteln. Xavier hat mich gefragt, fuhr Tomas fort, ob es vielleicht doch keine so gute Idee ist, ob er nicht besser ausziehen soll, er hat erzählt, Anne habe ihm das freie Zimmer in ihrem Apartment angeboten. Natürlich habe ich ihn beruhigt. Solltest du dich aber fragen, warum er sich unsichtbar macht, dann könnte es daran liegen. Während er sprach, ahnte ich, dass er sich schon länger Gedanken darüber gemacht hatte. Er ließ seinen Blick auf mir ruhen, dann beugte er sich vor und sagte mit einer zu leisen und sonoren Stimme, die viel zu rasch zu mir hinüberströmte: Dein Wohlwollen bedeutet ihm sehr viel. Ich könnte ihm ein weiteres Mal versichern, dass er herzlich willkommen ist, dass wir uns freuen, ihn bei uns zu haben. Nur hätte das, wenn es von mir käme, wenig Gewicht. Er möchte es aus deinem Mund hören.

Ich starrte Tomas an. Traf das tatsächlich zu, stimmte das überhaupt? War es nicht eher so, dass er auf Tomas' Zustimmung aus war, Tomas' Ablehnung fürchtete? Ich presste meine feuchten Handflächen aneinander. Ich habe ihm zigmal gesagt, wie froh ich bin, dass er wieder hier wohnt. Und so ist es auch, bekräftigte ich, so ist es auch. Diese Worte, als absolut solide empfunden, klangen schwach und kläglich, als ich sie aussprach, hohl und leer. Tomas rieb mit einem Daumen über ein Auge, langsam und methodisch, was mich noch stärker aus dem Konzept brachte, er drückte den Daumen immer tiefer in die Augenhöhle, sowohl die Geste an sich als auch ihre Aggressivität waren mir fremd. Lass das, sagte ich. Hör auf damit. Ich sprach lauter als beabsichtigt. Er sah mich verdutzt an. Seine Hand fiel in den Schoß. Das Auge war blutunterlaufen, die umgebende Haut fleckig, dies hatte er sich eigenhändig zugefügt, obendrein vollkommen grundlos. Ich hatte etwas im Auge, sagte er gelassen. So wird es bloß schlimmer, sagte ich, und er zuckte gleichgültig die Schultern. Ja, sagte er, stimmt. Das blutunterlaufene Auge ließ ihn leicht irre aussehen, doch als er sprach, war seine Stimme gewohnt ruhig.

Durch Xaviers Einzug hat sich vieles verändert, sagte er, aber das muss nicht schlecht sein. Wir sind inzwischen zu eingefahren, all die kleinen Rituale – er deutete auf den gedeckten Frühstückstisch, die Tassen und Teller und das Essen –, kleine Rituale dieser Art sorgen dafür, dass man alt wird, ohne es zu merken. Ich starrte den von mir gedeckten Tisch an, er schien plötzlich entwertet worden, geradezu albern zu sein. Tomas hatte es einfach abgetan – und er meinte nicht nur den Tisch, nicht nur meine Hand, die Teller, Untertassen und Tassen hingestellt hatte, sondern auch die Gewohnheiten, die unsere Ehe ausmachten und, insgesamt gesehen, das Leben, das wir uns aufgebaut hatten.

Ich dachte, du magst unsere Rituale, sagte ich. Und ich stand abrupt vom Tisch auf. Der Ursprung des Frühstücksrituals wollte mir nicht mehr einfallen, wie es gekommen war, dass wir uns jeden Morgen an diesen Tisch setzten, anstatt sofort auseinanderzulaufen. Die Rituale, wiederholte ich mit dem Rücken zu ihm, damit er mein Gesicht nicht sah, in diesem Moment vertraute ich mir selbst nicht. Du hast gesagt, sie hätten ihren Sinn. Sie seien eine Freude. Meine Stimme klang gequetscht, eine unangenehme Bedürftigkeit schien darin mitzuschwingen. Endlich drehte ich mich wieder zu ihm um. Tomas biss noch einmal in den Kopenhagener, wischte sich den Mund mit der von mir bereitgelegten

Serviette ab. Ist doch bloß ein Frühstück, entgegnete er müde. Er schenkte sich den letzten Rest Kaffee ein und stand auf, um den Kocher neu zu befüllen. Und darum geht es ja gar nicht, sagte er. Es geht darum, dass wir froh sein können, ihn wieder bei uns zu haben. Meinst du nicht auch?

Ich merkte, dass er von mir keine Antwort erwartete, er trat neben mich, und obgleich er mich ansah, waren seine Gedanken woanders, sie waren plötzlich glitschig wie Fische. Seine Miene hellte sich auf, und dann ging er seine Tasse spülen. Wir müssen Xavier mehr bieten, finde ich, sagte er mit einer Stimme, die zu glatt klang, er sprach rascher als üblich. Neulich hat er über Rückenschmerzen geklagt, er arbeitet ständig auf seinem Bett, er hat keinen anständigen Arbeitsplatz.

Arbeit?, fragte ich verwundert. Wie meinst du das? Welche Arbeit?

Sein Schreiben, erklärte Tomas geduldig, als hätte ich Kenntnis davon haben müssen, als wäre es Xaviers lange gehegter Traum oder Ehrgeiz. Und doch hatte er es mir gegenüber nie erwähnt, ich konnte mich nicht daran erinnern, dass es jemals Thema gewesen war, es war mir vollkommen neu. Er findet kaum Zeit dafür, fuhr Tomas fort, Anne ist fordernd, wie du weißt. Ich habe ihn dennoch ermutigt, seine eigene Arbeit in den Vordergrund zu stellen. Ich habe vorgeschlagen, einen Tisch ins Wohnzimmer zu stellen, vielleicht auch weitere Regale zu besorgen. Er hat so viele Bücher, sagte er, und ich nickte unwillkürlich, das immerhin stimmte, ich war erleichtert, dass auch Tomas die vielen Bücher bemerkt hatte. Ich wollte gerade fragen, ob er Xavier lesen gesehen habe, da sprach er hektisch weiter, ich merkte, er war wie getrieben. Ich wollte dir schon längst erzählen, dass ich tatsächlich einen Tisch bestellt habe, er kommt Ende der Woche, ich zeige ihn dir – und er zückte sein Handy.

Ich betrachtete das Bild auf dem Display. Das Teil hast du gekauft?, fragte ich wie vor den Kopf gestoßen. Ich nahm ihm das Handy ab und vergrößerte das Bild. Der Tisch war riesig, ein geschwungenes Gebilde aus Glas und Metall, es war mir ein Rätsel, wie er ihn hatte kaufen können. Xavier hat ihn ausgesucht, und ich dachte: wieso nicht?, sagte Tomas etwas verlegen. Wir könnten problemlos eine Ecke freiräumen. Er passt natürlich nicht ganz zum Stil unserer Einrichtung, aber genau das ist es ja, er hat ihn selbst ausgewählt. Ganz schön teuer, sagte ich, und er sah mich verblüfft an, bevor er verhalten erwiderte: Ist ja nicht so, dass wir knausern müssen, und er wies mit ausladender Geste auf die Küche, das ganze Apartment, sogar auf meine Kleidung. Ich spürte, wie ich errötete, richtig, ich gab zu viel Geld für Kleidung aus, richtig, ich hatte eine Vorliebe für Dinge, die schön und unnötig teuer waren.

Ich kam mir sogleich geizig und mickerig vor. Warum meinem Sohn etwas vorenthalten, woher rührte dieser Impuls? Tomas nahm mir das Handy ab und sagte nachsichtig: Veränderungen tun gut, sie verhindern, dass man verknöchert. Ich starrte ihn an, einen so schleimigen Ton, triefend von Unaufrichtigkeit und Klischeehaftigkeit, hatte ich aus seinem Mund noch nie gehört, hatte nie erlebt, dass er so abgedroschene Phrasen benutzte. Ich begriff, dass er mich herumkriegen wollte. Das war an sich nichts Neues, nur tat er es in diesem Fall mit nie gekannter Verzweiflung und Falschheit.

Es gefällt dir, dass er bei uns wohnt, sagte ich, und ich registrierte, dass diese Worte uns beide überraschten. Er zuckte die Schultern. Anfangs wusste ich nicht, ob es funktionieren würde, gab er zu, ich wusste nicht, wie du reagieren würdest. Tatsache ist aber, setzte er rasch hinzu, als er merkte, dass ich gegen die in diesen Worten anklingende Unterstellung, die er offenbar nicht konkretisieren konnte, protestieren wollte, Tatsache ist, dass er nicht stört, dass seine Anwesenheit eine nahezu ungetrübte Freude darstellt. Ich wünschte, er wäre öfter hier – etwa jetzt, wäre doch prima, wenn er jetzt hier wäre, findest du nicht auch? Wäre es dann nicht sogar noch schöner?

Während er mich fest ansah, merkte ich, dass ich ihm in diesem Punkt nicht widersprechen konnte. Es war lange her, dass ich mich im Beisein von Tomas nach der Gesellschaft anderer Menschen gesehnt hatte, in diesem Moment hätte ich die Anwesenheit einer weiteren Person, irgendeiner Person, jedoch begrüßt. Ich begann überstürzt, den Tisch abzudecken. Die Luft war wie aufgeladen, sie knisterte förmlich. Da war etwas Neues zwischen uns, etwas, das gezügelt, irgendwie aufgelöst werden musste. Etwas, das zurückgestutzt werden musste, mit ebenjener Gewalt, die das Wort implizierte.

Gegen Ende der Woche wurde der Schreibtisch geliefert, wie von Tomas angekündigt. Ich sah zu, wie er von den Lieferanten nach oben geschleppt wurde – er war so groß, dass er selbst in Einzelteilen nicht in den Fahrstuhl gepasst hätte – und danach durch die Tür ins Apartment. Man fragte Tomas, wohin er solle, und er zeigte auf die von ihm freigeräumte

Stelle vor dem großen Fenster, Xavier sollte mit Blick auf die Stadt arbeiten können. Ich musste zugeben, es war ein idealer Platz zum Schreiben, nur wagte ich zu bezweifeln, dass Xavier je dort sitzen würde, um zu tun, was auch immer er tat, wenn er arbeitete. In meinen Augen glich sein Schreiben in gewisser Weise seinen Lektüren – die materiellen Beweise dafür vermehrten sich täglich in Gestalt seiner Bücher, dieses Schreibtisches, und doch tat er weder das eine noch das andere, jedenfalls erlebte ich ihn nie dabei.

Wie sich herausstellte, hatte Tomas außerdem einen ergonomischen Bürostuhl bestellt, ich sah zu, wie er von einem Lieferanten hereingetragen und aus den unzähligen Schichten Schaumstoff und Plastik geschält wurde, die ihn mumifiziert hatten. Er ist sehr groß, flüsterte ich Tomas zu, der leise erwiderte, er habe sowieso einen neuen Stuhl gebraucht, wenn Xavier wieder ausgezogen sei, wolle er ihn selbst nutzen. Und der Schreibtisch?, fragte ich, erhielt aber keine Antwort, vielleicht fühlte sogar er sich durch dieses gläserne Monstrum eingeschüchtert, so protzig und aufdringlich, dass man sich fragte, wie es in das normale Leben eines Menschen integriert werden konnte.

Wider Erwarten hatten wir uns schon wenige Tage später an den Schreibtisch gewöhnt. Xavier holte die Bücher aus seinem Schlafzimmer und stapelte sie ordentlich auf dem Tisch, was dessen aggressive Schlichtheit und abstoßende Durchsichtigkeit milderte. Zwar sah ich Xavier nur zu ungewöhnlichen Zeiten am Schreibtisch sitzen – spätabends oder früh am Morgen –, musste aber zugeben, dass der Schreibtisch, obgleich er nur gelegentlich genutzt wurde, das Apartment gleichsam öffnete, wir schienen uns darin freier zu bewegen, die Luft schien konstanter zu zirkulieren, der ganze Raum hatte sich nochmals auf eine subtile Art verändert, die ich nicht auf den Punkt zu bringen vermochte.

Xavier arbeitete manchmal wochenends am Schreibtisch – er wollte mir nicht verraten, was er schrieb, obwohl ich ihn bedrängte, obwohl Tomas irgendwann andeutete, es sei ein Theaterstück, ohne Genaueres zu erzählen –, und obschon Tomas die gesamte Woche gearbeitet hatte und das Wochenende für gewöhnlich freihielt, um nicht zu tief im Sud seiner Gedanken zu versinken, anders gesagt die für sein Schreiben erforderliche Klarheit zu bewahren, trotz alledem wich er bei diesen Gelegenheiten in sein Arbeitszimmer aus, wo auch er den Tag am Schreibtisch verbrachte, hin und wieder daraus auftauchend, um einen Tee oder Kaffee zu trinken oder etwas zu essen, um nach Xavier zu schauen und zu erfahren, wie es bei ihm lief. Ich merkte, dass diese gesellige Routine – beide eingekapselt in die jeweilige Welt, die sie erschufen, und doch parallel arbeitend – Tomas ein nicht geringes Glücksgefühl bescherte, durchaus denkbar, dass er glücklicher war als je zuvor in seinem Berufsleben, das stets mühsam gewesen war, erschüttert durch innere Konflikte und Unsicherheiten, die er in vielen Fällen für sich behielt, um das empfindliche Gleichgewicht der Debatten, Themen, Strukturen, die sich in seinem Kopf herauskristallisierten, nicht zu gefährden.

Nach geraumer Zeit begriff ich, dass er sich lange nach einer solchen Gemeinschaft gesehnt hatte, eventuell unbewusst, dass es ihm guttat, Xavier an dessen Schreibtisch zu wissen, während er in seinem Arbeitszimmer tätig war, das Ganze war so offensichtlich, dass ich beinahe gelacht hätte.

Ich hätte nie gedacht, Tomas könnte unglücklich sein – hätte man mir eine solche Frage gestellt, dann hätte ich geantwortet, er sei der Glücklichere von uns beiden, ein von Natur aus eher zufriedener Mensch –, doch nun ging mir auf, dass er zwar nicht unglücklich, aber auch nicht glücklich gewesen war, jedenfalls nicht so wie jetzt. Xaviers Anwesenheit im Apartment beflügelte ihn, er wirkte insgesamt lebendiger, als wäre er um Jahre verjüngt worden. Er verhielt sich wie jemand, der noch viel vor sich hatte, und erst da begriff ich, wie einschnürend der Gedanke an die Zukunft für ihn gewesen sein musste, eine gemeinsame Rutschpartie ins Alter.

Möglich, dass ich mir dessen vor ihm bewusst geworden war. Es war jedenfalls absolut eindeutig, während der nächsten Tage fiel mir auf, dass er sich energischer durch das Apartment bewegte, aufrechter ging, beschwingter wirkte. Ich bekam mit, dass er dies und das besorgte, wenn er draußen unterwegs war, Käse, Obst, Wein, er kaufte mehr, als er und ich jemals allein hätten verzehren können. All das ließ er in der Küche und forderte Xavier auf, sich zu bedienen, obgleich dieser nicht erst dazu aufgefordert werden musste, in dieser Hinsicht war er noch der Teenager von früher, wenn er abends heimkehrte, plünderte er stets den Kühlschrank, nur dass die Teller am nächsten Morgen gespült im Abtropfgestell standen. Bemerkenswert war jedoch nicht, dass Tomas diese kleinen Extravaganzen extra für Xavier kaufte. Bemerkenswert war, dass er seine Lebenslust wiedererlangt zu haben schien, dass eine jahrelang vergessene, nicht mehr gekannte breitgefächerte Neugier schlagartig wiedererwacht war.

Hätte ich Tomas nicht so genau beobachtet, dann wäre ich mir der Ursache für sein verändertes Verhalten nicht so gewiss gewesen, dann hätte ich eine Affäre vermutet. Tatsächlich ließ sein Verhalten in mehrfacher Hinsicht daran denken – eine ausschweifendere Art, eine Lockerung alter Gewohnheiten und Hemmnisse, die ihn als Person kennzeichneten, zu demjenigen gemacht hatten, der er war. Ich wusste, es war schlicht die Gegenwart eines jungen Menschen im Apartment, diese rief ihm in Erinnerung, dass das Dasein nach außen drängte, er selbst hingegen hatte sich lange nach innen orientiert, was zwar keine Einbuße an Intensität bedeutet, aber sein Spektrum geschmälert hatte. Andererseits können andere durch wieder erwachte Neugier irritiert werden, ist es verstörend, einen Menschen, den man so lange gekannt hat, plötzlich wieder voller Elan zu erleben, obendrein in einem solchen Ausmaß.

Angesichts seiner plötzlichen Überschwänglichkeit hatte ich den Eindruck, entwickelte den Argwohn oder gelangte zu der Einsicht, dass unser gemeinsames Leben – dass es ihm nicht genügt hatte. Beide hatten wir jahrelang stillschweigend vorausgesetzt, ich würde eine Bedrohung für unsere Ehe darstellen, ich wäre das Risiko. Deshalb hatte ich all die Jahre jeden Impuls bekämpft, vom rechten Weg abzuirren, hatte in einer selbst fabrizierten Zwangsjacke gelebt und war Tomas treu geblieben. Und nun war er es, der der Ehe überdrüssig wurde, er warf als Erster einen Blick hinaus, öffnete die Tür und kostete von der frischen, Freiheit verheißenden Luft. Er war mir zuvorgekommen, war stets dazu bestimmt gewesen, mir zuvorzukommen, denn ich brauchte ihn, ich brauchte Tomas in weit stärkerem Maße als er mich, so war es von Anfang an gewesen, ob ich mir das nun eingestehen mochte oder nicht. Er war derjenige, welcher, und er würde immer derjenige, welcher, bleiben.

10

XAVIER WOHNTE EINEN Monat bei uns, und mein Stück würde nur noch wenige Wochen laufen, da fragte er, ob eine Freundin zu ihm ziehen dürfe. Diese Frage richtete er an Tomas, nicht an mich, Tomas wiederum trug das Anliegen an mich heran. Ich wusste also weder, wie die Frage ursprünglich gelautet hatte, noch wie das Gespräch zwischen beiden verlaufen war. Wie ich erfuhr, hatte Xavier eine Freundin, die aufgrund der Klauseln eines Mietvertrags oder der Launen einer Mitbewohnerin eine Unterkunft suchte, die Begründung war sowohl vollkommen einleuchtend als auch extrem vage.

Als ich Tomas bat, dies näher zu erklären, reagierte er ausweichend, eine Art, die ich immer öfter an ihm beobachtete, also ließ ich die Sache auf sich beruhen. Damals waren wir uns darin einig, Xavier dürfe unbegrenzt lange bei uns wohnen. Unser Zusammenleben hatte sich eingependelt, vorstellbar, dass er nicht nur monatelang, sondern jahrelang bleiben würde. Wie uns allen bewusst war, sorgte dies für veränderte Machtverhältnisse, eine Entwicklung, die nie thematisiert wurde, aber spürbar war, das Pendel schlug ausschließlich zu Xaviers Gunsten aus.

Was in erster Linie darauf zurückzuführen war, dass uns inzwischen weit mehr an Xaviers Bleiben lag als diesem selbst – da Tomas und ich diesen Wunsch teilten, da die Situation nun einmal war, wie sie war, barg sie das Potenzial, ein Eigenleben zu entwickeln, unabsehbar lange zu währen. Immerhin boten wir ihm materielle Sicherheit, freie Kost und Logis, beglichen die Rechnungen, legten sogar kleine Umschläge mit Geld auf den Sims neben der Tür. Die Bedeutung all dessen schien jedoch allmählich zu schwinden, Xaviers Dankbarkeitsbezeugungen klangen immer lahmer, die materielle Unterstützung, die wir ihm boten, erkaufte nicht mehr automatisch seine Zuneigung. Denkbar, dass wir aus genau diesem Grund noch spendabler wurden, die Umschläge voluminöser und schwerer, die Geschenke regelmäßiger.

Wir wollten gefallen, ja mehr noch, wir wollten ihn halten, die Balance wahren, die sich etabliert hatte – und Xavier, der all das zu wittern schien, trug prompt die Frage an Tomas heran, ob Hana zu ihm ziehen dürfe, ihren Namen erfuhr ich erst später, genauer bei ihrer Ankunft. In welcher Beziehung Xavier zu dieser jungen Frau stand, dieser Freundin, wurde mir nicht erklärt, aber ich hatte die Ahnung, ihren Namen bereits gehört zu haben, die Bemerkung, sie hätten sich an der Schauspielschule kennengelernt. Auch dies war ebenso einleuchtend wie schwammig, was auch für Hana selbst galt.

Gewisse Dinge klärten sich, als sie am folgenden Abend mit Xavier eintraf. Es ging auf Mitternacht zu, wir nahmen vor dem Zubettgehen einen letzten Drink im Wohnzimmer. Ich war entspannt, am folgenden Tag stand keine Vorstellung an, daher schlug ich Tomas einen weiteren Drink vor, und er willigte ein. Xavier war nicht da, aber das war nicht weiter ungewöhnlich. Ich wollte gerade zu Bett gehen, als draußen vor der Tür etwas zu hören war, ungewöhnlich laute Geräusche, und wir sahen mit leisem Erschrecken auf, Tomas zugleich erwartungsvoll, das war ihm deutlich anzusehen. Wir blieben wie erstarrt im Sessel sitzen, als wir sie das Apartment betreten hörten, Xaviers Hallo hörten, so laut, als wollte er uns warnen, uns die Möglichkeit geben, uns innerlich auf das gefasst zu machen, was nun käme.

Wir sind im Wohnzimmer, sagte Tomas, und wir standen langsam auf. Dann erschienen sie in der Tür, Xavier und Hana. Sie stützte sich auf seinen Arm, betrunken schien sie allerdings nicht zu sein, und obwohl ich ihr Bedürfnis nachvollziehen konnte, ihm nahe zu sein – andere Menschen suchten seine Nähe, so war er nun mal –, ließ mich die gegenseitige Zuneigung stutzen. Ich merkte auf den ersten Blick, dass Xavier sich gleichermaßen zu ihr hingezogen fühlte, aufgrund ihres Alters und Erscheinungsbilds waren sie so eng verbunden, dass sie zwangsläufig aneinanderklebten. Als ich die beiden betrachtete, meinte ich, in Hana eine Neugier und einen Ehrgeiz spüren zu können, der über Xavier hinausging, bei ihm nicht haltmachte – vielleicht nicht einmal mit ihm begann – und von ihm allein nie gestillt werden könnte.

Sie sah Tomas an, danach mich, und als sie mit ausgestreckter Hand auf uns zuging – wie sich zeigte, war sie glänzend erzogen, in jeder Hinsicht perfekt –, beobachtete ich sie voller Unbehagen. Sie war nicht unbedingt schön, ihre Gesichtszüge waren nicht so einschüchternd symmetrisch wie jene Xaviers, ihre Augen nicht so groß und bezaubernd, auch fehlte ihr die Entspanntheit, die mit großer Schönheit einherging. Überraschte es uns, dass Xavier ausgerechnet sie mit nach Hause brachte? Nur in dem Sinne, dass er damit unerwartet viel Fantasie bewies, wir waren stets davon ausgegangen, er würde mit irgendeinem Stereotyp bei uns erscheinen, einem Kompositum aus Haaren, Lippen und Augen, nicht mit einem so merkwürdigen und befremdlichen, auf eine authentische Art reizvollen Geschöpf.

Tomas schüttelte ihre Hand, sein Lächeln war eine Peinlichkeit für uns beide. Anschließend wandte sie sich an mich, und ich ergriff ihre Hand – ihre Haut war glatt, ihr Druck so federleicht, dass es an passive Aggression grenzte, mir blieb das Gefühl, mit den Fingern nur Luft umschlossen zu haben. Sie ließ es erscheinen, als wäre ich diejenige, die fest drückte, diejenige, die mehr forderte, als gegeben wurde, und als ich ihre Hand losließ, fragte ich mich, was diese ätherische Körperlichkeit für Xavier zu bedeuten hatte. Denkbar war natürlich, dass er diese Eigenart keineswegs als ausweichend, sondern als hingebungsvoll empfand. Während der kurzen Begrüßung gefror mein Lächeln, und als sie zurücktrat, als ich mich abwandte, hatte ich das Gefühl, eine Grimasse geschnitten, ja sogar die Zähne gebleckt zu haben.

Hana. Ich konnte mich nicht an den Moment erinnern, als sie sich vorgestellt hatte, wusste nicht mehr, ob sie ihren Namen genannt oder ob Xavier das getan hatte, so durcheinander war ich. Im Japanischen bedeutete ihr Name Blume, im Arabischen sogar Segen, er konnte unterschiedliche Bedeutungen haben, je nachdem. Sie wirkte nicht verunsichert durch meine Reaktion, aber ich bemerkte, wie rasch sie zu Xavier zurückwich, der sie, einen Arm über ihre Schultern legend, an sich zog. Ich fand es absurd, dass er uns nicht erläutert hatte, in welchem Verhältnis er zu ihr stand, immerhin war offensichtlich, dass er die Finger nicht von ihr lassen konnte, war offensichtlich, wo und mit wem sie diese Nacht verbringen würde. Während ich sie betrachtete, fiel mir ein, wie es gewesen war, einen Körper zu haben, der von jemand anderem auf so hilflose Art begehrt wurde.

Ich schaute zu Tomas, der, ich kann ich es nicht anders nennen, ein dümmlich beglücktes Gesicht zog, während er Xavier und Hana betrachtete. Ich erklärte, es sei spät, und ich wolle zu Bett, aber bevor ich gehen konnte, sagte Hana zu mir, sie bewundere meine Arbeit zutiefst, sie sagte dies, indem sie Xaviers Arm abschüttelte und nach meinen Händen griff, wieder spürte ich ihre sonderbar geisterhafte Berührung. Sie lachte kurz auf und sagte: Ich möchte dich nicht in Verlegenheit bringen, und doch ahnte ich, dass sie genau das beabsichtigte. Ich dachte, ich sage es besser gleich, fuhr sie fort. *Splitterreden* war irre wichtig für mich. Du ahnst nicht, was es mir bedeutet, in einem Film eine Person erlebt zu haben, die mir in so vieler Hinsicht ähnelt.

Ich lächelte etwas nervös, sie klang aufrichtig, anders gesagt glaubte ich nicht, dass sie mich mit diesen Worten manipulieren wollte, obwohl sie dazu, wie ich ahnte, mehr als fähig wäre. Mir kam der Gedanke, dass ich kurz davorstand, in meinem eigenen Zuhause in der Falle zu sitzen. *Wichtig* und *zutiefst bewundern*, das waren Worthülsen, die im Grunde nichts besagten, die beinahe eine Beleidigung darstellten, und wie oft hatte ich von irgendwelchen Leuten gehört, es bedeute ihnen so viel, jemanden auf der Bühne oder im Film gesehen zu habe, in der sie sich in *so vieler Hinsicht wiedererkannt hätten*. Ich gestikulierte hilflos, aber sowohl Tomas als auch Xavier sahen Hana wohlwollend an, als wären diese hohle Schmeichelei, dieses scheinbar intime Geständnis dazu angetan, sie mir sympathischer zu machen.

Tatsache ist, niemand möchte ein Denkmal sein, ich schon gar nicht.

Dann richtete sich die Aufmerksamkeit aller auf mich, als wollte man die positive Wirkung von Hanas Schmeichelei begutachten, als wollte man hervorheben, wie gut wir uns verstanden, und zu meiner Verblüffung – um erfolgreich in meinem Beruf zu sein, hatte ich natürlich stets wissen und genau das liefern müssen, was als Frau und Schauspielerin von mir erwartet wurde – spielte ich mit.

Sehr freundlich von dir, murmelte ich und drückte ihre Hände. Wie schön, dass du da bist. Ich hielt ihre Hände weiter fest umschlossen und knetete sie, bis sie sich unbehaglich wand. Daraufhin drückte ich noch fester. Solltest du etwas brauchen, dann melde dich bitte, sagte ich, ließ ihre Hände zögerlich los und sah Tomas an. All das, meine kleine Boshaftigkeit ausgenommen, hatte ich nicht für mich, sondern für die Zuschauer aufgeführt. Tomas betrachtete mich stirnrunzelnd, er durchschaute, was sich zwischen Hana und mir abspielte, und ich zog eine Grimasse, bevor ich mich wieder an Hana wandte, nun mit einem strahlenden Lächeln. Sie trug hochhackige Schuhe, dennoch schien ich ein paar Zentimeter größer zu sein, und kaum war mir dieser Gedanke durch den Kopf gegangen, da richtete sie sich gerader auf. Brauchst du vielleicht etwas, können wir irgendetwas tun, damit du dich hier wohlfühlst? Ich zuckte zusammen, meine Worte waren falsch, ich klang wie eine Hotelangestellte, vollkommen unpersönlich, ich war müde, und es war spät. Wir werden sicher noch genug Zeit zum Reden haben, sagte ich und ergänzte, hilflos gestikulierend: Die Handtücher liegen im Schrank. Dann wandte ich mich ab und floh ins Schlafzimmer.

Es war noch früh, als ich am nächsten Morgen das Schlafzimmer verließ. Tomas schlief, im Apartment herrschte Stille, ich war als Erste erwacht. Ich hatte wunderbar tief geschlafen. Hanas Ankunft hatte mich zunächst angeregt und dann ausgelaugt, deshalb hatte ich so fest geschlafen wie seit Monaten nicht mehr. Ich erwachte gut gelaunt, ohne zu wissen wieso, und beschloss, aufzustehen und für Tomas einen Tee zu kochen, vergaß vorübergehend, dass wir nicht allein waren.

In die Küche tretend, erblickte ich die am Tisch sitzende Hana. Ich blieb in der Tür stehen, und wir musterten einander. In ihren Augen lag ein leises Funkeln, es war ihr gelungen, mich in meinem eigenen Zuhause zu überraschen, sie hatte gepunktet. Dann fasste sie sich, lächelte still und hoffnungsvoll, stand auf und fragte, ob sie mir eine Tasse Tee machen solle, sie gab sich so unterwürfig, dass ich mich fragte, ob ich das Funkeln in ihren Augen und den Wortwechsel des Vorabends falsch aufgefasst haben könnte. Während sie hin und her lief, schien sie bloß eine sehr junge Frau zu sein, die in einer Küche eine Tasse Tee aufgoss. Wo ist Xavier?, fragte ich, als sie mir die Tasse reichte. Er schläft, sagte sie, ist ja noch früh. Aber ich bin oft so früh auf den Beinen. Seit wann kennst du Xavier?, fragte ich. Lange genug, sagte sie mit einem leisen, unverschämten Lachen, und da begriff ich, dass ich doch richtiggelegen hatte, was den Vorabend und alles andere betraf, natürlich lag ich richtig.

Er hat nie von dir gesprochen, sagte ich tonlos.

Ach ja?

Sie klang, als beträfe sie das nicht, als würde es mehr über mein Verhältnis zu Xavier aussagen als über ihres. Das wühlte mich ein wenig auf, und ich erklärte, eine Runde drehen zu wollen, ich trank einen weiteren Schluck und stellte die Tasse danach auf den Tresen. Sie stand wieder auf und trat dicht neben mich, und ich sah mich zu der Frage veranlasst, ob sie mich begleiten wolle, ein Angebot, das ich umgehend bereute. Sie nickte begeistert und erklärte, sich rasch umziehen zu wollen, und ich ging zur Tür, um einen Mantel über den Pyjama zu streifen. Als sie Xaviers Zimmer wieder verließ, ganz in Schwarz, schwarzer Pullover, schwarze Hose, schwarze Stiefel, betrachtete sie mich und fragte dann, ob ich so rausgehen wolle, und ich antwortete, ja, das wolle ich, ich würde es immer so halten. Daraufhin legte sie den Kopf schief und meinte, mir würde man das natürlich nachsehen. Das klang wieder schmeichlerisch und demütig, und ich erwiderte knapp, Menschen meines Alters würde man so manches nachsehen.

Sie folgte mir in den Flur, und wir warteten stumm auf den Fahrstuhl. Als wir schließlich auf die Straße traten, hatte das Schweigen so lange gewährt, dass ich hoffte, wir würden während des gesamten Wegs zum Café und zurück stumm bleiben, eine wohltuende Aussicht. Aber kaum spürten wir die kalte Luft im Gesicht, da drehte sie sich zu mir um und fragte, ob sie mich am gestrigen Abend in Verlegenheit gebracht habe. Ich erwiderte, sie solle sich keine Gedanken machen, fragte dann, wie lange sie zu bleiben gedenke. Du hast also ein Problem mit deiner Wohnung?, fragte ich. Xavier war in diesem Punkt reichlich vage. Sie blinzelte gelassen und entgegnete: Xavier und ich, das ist eine ziemlich ernste Sache. Sie schien mir schmeicheln zu wollen, indem sie sich so vorbehaltlos vertraulich gab, und obgleich sie meine Frage damit nicht beantwortet hatte, war es in gewisser Weise doch eine Antwort, wenn auch eine auf die hinter der Frage verborgene Frage, jene Frage, die ich, wie uns beiden bewusst war, im Sinn gehabt hatte.

Ziemlich ernst? Was soll das heißen?, fragte ich und blieb auf dem Bürgersteig stehen, mein Herz pochte bis in die Ohren. Sie ging weiter, so dass ich mich gezwungen sah, ihr hinterherzueilen. Was soll das heißen?, wiederholte ich. Mal schauen, wie es läuft, sagte sie und schritt noch schneller aus, ich musste mich sputen, um den Anschluss nicht zu verlieren, sie drehte sich nicht nach mir um, sondern blickte stur geradeaus. Warten wir's ab, sagte sie, und ich bremste sie, indem ich ihr eine Hand auf den Arm legte. Sie drehte sich zu mir um. Wir wissen nicht, wie lange Xavier bei uns wohnen will, sagte ich, und sie nickte und meinte, das hänge natürlich vor allem von Anne ab. Nein, entgegnete ich, ich meine damit, dass … Und ich gestikulierte, als würde Luft die ringsumher das Apartment darstellen, das Bett, in dem sie schlief. Es ist nur eine Übergangslösung, fuhr ich fort, wer weiß, wie lange es dauert, bis wir einander in den Wahnsinn treiben.

Ich lachte, wenn auch zu laut, denn ich hatte das Gefühl, Xavier in den Rücken zu fallen, obendrein trafen meine Worte nicht zu – hatten wir Xavier nicht erst gestern versichert, er könne beliebig lange bleiben, hatte Tomas nicht sogar erwogen, das benachbarte Apartment zu kaufen und eine Wand entfernen zu lassen, damit wir langfristig zusammenwohnen konnten –, und wie ich schon beim Aussprechen der Worte ahnte, wusste Hana, dass sie unzutreffend waren, ein Wissen, das sie zweifellos nicht davon abhalten würde, Xavier von meiner Prognose zu erzählen. Ich empfand Hana als verunsichernde Person und rief mir in Erinnerung, dass dies der Preis war, den wir zu entrichten hatten, wenn wir Xavier bei uns behalten wollten, wir mussten sein Leben akzeptieren, auch jenes außerhalb des familiären Rahmens, draußen in der Welt. Allen Befürchtungen zum Trotz war mir längst bewusst, dass ich Hana erdulden würde, falls erforderlich, falls sie der Preis für alles wäre.

Nun legte sie mir eine Hand auf den Arm, wieder spürte ich ihren sonderbar luftigen Druck, und sagte: Es bedeutet eine Umstellung, ich weiß. Sie klang verschwörerisch, und ich fragte mich sofort, wie sie das meinte, was Xavier erzählt hatte, sie hatte sich schon jetzt als Schleuse, als Mittlerin zwischen mir und meinem Kind etabliert. Ich konnte das Café sehen, in wenigen Minuten wären wir dort. Ich drehte mich zu ihr um und fragte: Wie meinst du das? Sie lächelte selbstgefällig, ja eitel, gab damit unfreiwillig etwas von sich preis. Ich weiß, eure Beziehung war nie ganz einfach, sagte sie glattzüngig. Diese Versöhnung bedeutet Xavier sehr viel. Du musst verstehen – an diesem Punkt änderte sich ihr luftiger Griff, sie schien plötzlich Klauen zu entwickeln, packte so fest zu, dass ich vor Schreck und Schmerz nach Luft schnappte –, dass du der wichtigste Mensch in seinem Leben bist, du solltest wissen, wie stark dein Einfluss auf ihn ist.

Wir hatten das Café erreicht, und sie öffnete die Tür und ließ mich eintreten, immer noch meinen Arm haltend. Manchmal wirkte er wie ein verlorener kleiner Junge, sagte sie nachdenklich. Das trägt zu seiner Attraktivität bei. Sie klang absolut unbeschwert, ganz natürlich, war ich je einem so entspannten Menschen begegnet? Im Café war es unerträglich laut, die Stimmen der Kunden schienen direkt in meinem Kopf zu ertönen. Metall schrammte über Keramik, ein Löffel in einer Tasse. Hanas Stimme durchdrang diese Kakofonie: Er muss endlich erwachsen werden, sagte sie. Und sie verdrehte mir förmlich den Arm, um mich zu sich umzudrehen, um mir ins Gesicht schauen zu können.

In ihrer Stimme hatte etwas Mitfühlendes, Zärtliches gelegen, doch als sie mich ansah, wirkte sie in erster Linie wütend. Ich wich einen Schritt zurück, obwohl nicht sie es war, die ich fürchtete. Ich weiß nicht, was du meinst, sagte ich leise. Eine Versöhnung wäre unnötig gewesen, wir haben uns nie entzweit, nie voneinander entfremdet. Wir haben ein gutes Verhältnis. So war es von Anfang an. Ich wollte ihre Hand abschütteln, ihr Griff war so fest, dass ich mich regelrecht aufbäumen musste, von außen betrachtet hätte man den Eindruck gewinnen können, wir würden uns gleich offen streiten. Sie lockerte ihren Griff ein bisschen, zog ihre Hand aber nicht fort, sondern lenkte mich zur Warteschlange und fragte ruhig und beflissen, was wir bestellen wollten.

11

ICH ANTWORTETE IHR nicht, und wir bewegten uns angespannt schweigend weiter, bis wir an der Reihe waren. Als sich die Bedienung nach unseren Wünschen erkundigte, hatte ich das Gefühl, es glich einer Erinnerung, nicht Hana, sondern Xavier würde neben mir stehen und zuschauen, wie ich bestellte. Ich bestellte unwillkürlich immer mehr, als gälte es, eine Großfamilie zu ernähren, einen ganzen Clan, ich bestellte und bestellte, als wollte ich das unbehagliche Echo übertönen, das zwischen Hana und Xavier, Xavier und Hana hin und her sprang, als wollte ich es verdrängen.

Gut möglich, dass ich auch keine Lust hatte, weiter mit Hana zu sprechen. Sie nahm die riesigen, prall gefüllten Tüten stumm entgegen und bestand darauf, sie bis zum Apartment zu tragen, als wäre ich damit überfordert, andererseits wusste ich natürlich nicht genau, wie sie mich sah. Sie thematisierte die angebliche Versöhnung zwischen Xavier und mir nicht mehr, erwähnte ihn mit keiner Silbe. Eigentlich war das unnötig, schließlich hatte sie erreicht, was sie hatte erreichen wollen, und obgleich sie Xavier nicht mehr ansprach, war er in ihrer gesamten Art, in jeder ihrer Gesten präsent. Auf dem Rückweg zum Apartment ging mir auf, dass sie jetzt die beflissene Schwiegertochter spielte, obwohl wir uns keine zwölf Stunden kannten. Ich ärgerte mich über die Rolle der alternden, zickigen Schwiegermutter, die sie mir zuwies, sie hielt die Eingangstür des Gebäudes für mich auf, obgleich mit den Tüten beladen, im Grunde eine nette Geste, nur schien sie mir auf diese Weise das Gefühl geben zu wollen, hilflos und inkompetent zu sein.

Im Apartment angekommen, stellten wir fest, dass Xavier und Tomas wach waren, beide erwarteten uns dicht vor der Tür, noch dazu mit erwartungsvollen Mienen, obwohl wir nicht lange fort gewesen waren. Hana entließ eines ihrer irritierenden, leisen Lachen, küsste Xavier vor unseren Augen auf die Lippen und sagte: Du bist schon wach. Ich verzog angewidert das Gesicht, vielleicht bemerkte sie es, vielleicht auch nicht. Sie glitt mit den Tüten in die Küche und begann, Teller, Tassen und Besteck hervorzuholen. Sie schien verblüffend genau zu wissen, wo sich was befand, stellte das Essen in Minutenschnelle auf den Tisch und schenkte Kaffee ein. Ich blieb stehen, während sich Xavier und Tomas an den Tisch setzten und lautstark über das Gebäck staunten, das nicht anders war als sonst, es entsprach dem, was wir jeden Morgen aßen, nur war es mehr als üblich.

Ich zog den Mantel aus und setzte mich. Ich hörte Hana fragen, ob jemand ein Ei wolle, sie könne es rasch machen, und bei diesen Worten stand ich mit den Worten auf, ich sei müde und wolle mich nochmal hinlegen. Tomas nickte, und ich hörte Xavier sagen: Sie frühstückt nicht gern, sie isst fast nie etwas. Was nicht stimmte, es stimmte ganz und gar nicht. Wieso behauptete er so etwas, hatten wir nicht immer zusammen gefrühstückt, während seiner gesamten Kindheit? Ich verließ die Küche und ging durch den Flur, wollte nur noch weg. Ich schloss die Schlafzimmertür. Trotzdem konnte ich ihre Stimmen hören, ein fröhlicher Chor. Ich sank auf das Bett und starrte die Zimmerdecke an, sah vor mir, wie die drei am Küchentisch saßen und das Essen futterten, das ich ausgesucht und bezahlt hatte, rundum glücklich miteinander. Ich bräuchte, würde Tomas erklärend zu Hana sagen, Zeit für mich, und Hana würde mit leicht offenem Mund dazu nicken.

Was sollten sie in meiner Abwesenheit sonst sagen? Ihre Stimmen schabten in meinem Innenohr wie Termiten, die Holz zernagten. Ich fragte mich, was Hana wollte, ihre Zuneigung für Xavier war zweifellos nicht ihr einziges Motiv. Hana ließ sich gewiss nicht von ihren Gefühlen für einen Mann beherrschen, und als ich zu dieser Einsicht gelangt war, begann sie in meiner Vorstellung anzuschwellen, sah ich vor mir, wie sie sich, am Küchentisch sitzend, aufblähte und ausdehnte, bis ihr Körper den ganzen Raum ausfüllte, obendrein empfand ich eine ebenso unerwartete wie unleugbare Ähnlichkeit mit ihr. Sie ähnelte mir, sie ähnelte mir stärker, als ich zugeben mochte.

Ich erinnerte mich an ihre Worte: *Ich weiß, eure Beziehung war nie einfach*. Nur wusste ich nicht, was sie meinte, hatte keine Ahnung, worauf sie anspielte, ich hatte einen guten Draht zu Xavier, er hatte immerhin beschlossen, wieder zu Hause einzuziehen, beschlossen, wieder bei uns zu wohnen. Andererseits war richtig, dass ich phasenweise keinen Gedanken an unser Verhältnis vergeudet hatte, dass es in solchen Phasen gewesen war, als hätten wir miteinander nichts zu tun, als würde er für mich nicht existieren. War es normal, als Mutter so gedankenlos zu sein? Wenn ich über mein Verhältnis zu Xavier nachdachte, wenn ich darauf zurückblickte, merkte ich, dass meine Erinnerungen alarmierend lückenhaft und unvollständig waren, ich hätte die unterschiedlichen

Abschnitte seines Lebens, seine Kindheit und Jugend, nicht im Detail schildern können. Meine Erinnerungen waren dürftig, sie kamen mir vor wie zusammengestückelt, wie verblasst oder künstlich auf alt getrimmt, keine einzige davon schien Ereignisse abzubilden, die sich tatsächlich zugetragen hatten.

Möglicherweise deutete das auf eine Entfremdung hin, vielleicht sogar auf mehrfache Entfremdungen, an die ich mich aber ebenso wenig erinnern konnte, die ich genauso wenig erlebt zu haben schien. Die Stimmen in der Küche wurden lauter, es ertönte ein Scheppern – als würden Pfannen in die Spüle fallen gelassen –, danach ein Lachen, das ich nicht einordnen konnte, vermutlich war es Tomas, nur hatte ich ihn noch nie so lachen hören, er klang beinahe übergeschnappt. Normalerweise zeichnete er sich durch exquisite Selbstbeherrschung aus, dieses hektische Gelächter war untypisch schrill. Auch ich hatte mein inneres Gleichgewicht verloren, schien mich auf ungute Art verrannt zu haben, mir fielen Hanas Worte wieder ein, ich versuchte abermals, nachzudenken, zu verstehen, worauf sie angespielt hatte – war ich Xavier etwa keine gute Mutter gewesen?

Ich erinnerte mich an Tomas' verhaltene Reaktion auf Xaviers Frage, ob er bei uns wohnen dürfe, all das gewann plötzlich eine neue Bedeutung. Ich stand unruhig auf, ich versuchte, die Abfolge der Ereignisse zu rekonstruieren, an die ich mich nur noch vage erinnerte, ich war mir dessen, was sich zugetragen hatte, nicht mehr gewiss. Xavier hatte beim Dinner gefragt, ob er einziehen dürfe, er war nervös gewesen, und seine Frage – wie er sie formuliert hatte, wie sie bei mir angekommen war – hatte angespannt geklungen. Ich wusste noch, dass ich gerätselt hatte, wieso ihn diese Frage Überwindung kostete, warum ich um eine Antwort verlegen war, andererseits hatte ich reagiert, ich hatte zugestimmt, und das ohne Umschweife, ich hatte befürchtet, Tomas könnte seine Meinung ändern.

Dennoch hatte ich den Eindruck, dass ich, würde ich tiefer bohren, feststellen müsste, dass dieser Anflug flüchtigen Zweifels – mehr war es ja nicht gewesen, ich hatte das Gefühl sofort verdrängt – in Wahrheit ein Symptom für etwas ganz anderes war. Nur wofür? Ich erinnerte mich an den Morgen von Xaviers Ankunft, an die Furcht, die mich innerlich hatte verkrampfen lassen, an meine Panik, als geklingelt wurde, als Tomas die Tür öffnete, als Xavier das Apartment betrat. Und sein Gesicht – aus dem gleichfalls Befürchtungen sprachen, ein Spiegel meines eigenen, wir hatten das Gleiche empfunden, als hätte uns die Erfahrung gelehrt, auf der Hut zu sein, wir hatten in jenem Moment versucht, unsere Zweifel zu überwinden, irgendetwas, irgendein vergangenes Ereignis hinter uns zu lassen.

Und Tomas – er hatte uns mit Argusaugen beobachtet, damals hatte ich geglaubt, er hätte alle Hände voll damit zu tun gehabt, Xaviers Sachen hereinzuholen, hatte geglaubt, meine innere Zerrissenheit wäre unentdeckt geblieben, meine widerstreitenden Gefühle wären nicht bemerkt worden. Nun begriff ich, dass er uns beide gemanagt, sich nach Kräften bemüht hatte, das zu dirigieren, was, wie mir aufging, in gewisser Weise eine Wiederannäherung gewesen war, und das wiederum hieß, dass es einen Bruch oder eine Phase der Entfremdung gegeben haben musste. Und mir ging auf, dass Tomas die Ankunft Xaviers vorhergesehen, dass er sie erwartet und sich darauf vorbereitet hatte. Das Glück, das ihn jetzt erfüllte, war weder überraschend gekommen noch ein unverhofftes Resultat der neuen Wohnsituation, stattdessen hatte Tomas genau dieses Glück die ganze Zeit angestrebt.

Und ich begriff, dass Tomas zwischen uns vermittelt, dass seine Sorge in Wahrheit Xavier gegolten hatte, diesen hatte er beschützen wollen, und die Gewalt oder die Person oder das Ereignis, vor dem Xavier beschützt werden musste, war ich. Ich wusste nicht, wie ich mit dieser Erkenntnis umgehen sollte, vermochte nicht darüber hinauszudenken – das Problem, das wir alle permanent umkreist hatten, dieses Problem war ich selbst.

Hana blieb natürlich bei uns. Anne war in Urlaub gefahren, für mindestens einen Monat, wie sie sagte, die Dreharbeiten waren aufgeschoben worden, sie musste sich erholen. Xavier war nun also auch tagsüber zu Hause, Hana wiederum schien keine Verpflichtungen zu haben, konnte also die ganze Zeit bei Xavier bleiben. Wir überließen ihnen das Wohnzimmer, selbst ich sah ein, dass sie nicht nur in Xaviers kleinem Zimmer hocken konnten. Sie nutzten das Apartment mit bemerkenswerter Selbstverständlichkeit, lagen eng umschlungen auf dem Sofa, manchmal auf dem Fußboden. Ihre Habseligkeiten waren nicht mehr sauber verstaut, im Gegenteil, es herrschte ein heilloses Chaos, Kleidung und Schuhe auf dem Teppich, auf den Stühlen, Bücher, Computer und andere Geräte auf Tischen und Regalen, jede Steckdose war besetzt.

Am Schreibtisch, den Tomas für Xavier gekauft hatte, saß nun meist Hana, sie kauerte auf dem Stuhl, ihren Blick auf den Laptop geheftet, stets an irgendeinem Dokument oder

Text arbeitend. So ging es stundenlang, und währenddessen herrschte eine entspannte, fast verschwörerische Stille, Hana schrieb wie besessen, und Xavier lag auf dem Sofa, aß ein Sandwich, tippte auf dem Handy, las hin und wieder in einer Zeitschrift, wir hatten so einige abonniert. Er war erstaunlich faul, schien sich dessen trotz Hanas beharrlicher Konzentration aber nicht im Geringsten zu schämen, wenn überhaupt, so schien sie seine Trägheit noch weiter zu befeuern.

Er hatte Übung darin, immerhin hatte er seine Jugendjahre auf ebendiese Art verbracht. Wenn ich ins Wohnzimmer schaute, war mir der Anblick des auf dem Sofa liegenden Xavier mehr als vertraut, er weckte Alltagserinnerungen und typisch elterliche Sorgen, etwa die, er könnte an einer Depression leiden, und genau diese Sorge trieb mich wieder um. Auf den zweiten Blick veränderte sich das Bild seiner Person auf dem Sofa jedoch auf eine rätselhafte Art, die weder mit dem Alter noch mit der Zeit zu tun hatte. Das Ganze hatte etwas Trügerisches, das zu wachsen, über den Fußboden zu mir zu kriechen schien, in meine tatsächlichen oder eingebildeten Erinnerungen an Xaviers Kindheit und Jugend einsickerte. Als wäre nichts integer, als wäre nichts stabil oder unantastbar.

War es da verwunderlich, dass ich mich nicht weiter vorwagte, die Schwelle nicht überschritt? Und es erging nicht nur mir so, nicht allein ich spürte die Barriere, die das Wohnzimmer umgab. Auch Tomas betrat es nur noch, um Tabletts mit Essen und Trinken zu bringen, er war dazu übergegangen, aufwendige Speisen zuzubereiten, raffinierte Drinks, die er Hana und Xavier kredenzte, so dass ich, wenn ich einen Blick in den ausgedehnten Raum warf, sehen konnte, wie sie sich von den Tabletts bedienten, während Tomas hinter ihnen herräumte wie ein Kellner oder Butler, noch dazu auf eigentümlich unterwürfige Art, er hatte sich vollkommen verändert.

Eines Tages fand ich Tomas in der Küche damit beschäftigt, ein weiteres Tablett mit Essen zu beladen, nun waren es ein Teller mit Käse und Aufschnitt, Schälchen mit Oliven und Gurken, ich sah zu, wie er dem Kühlschrank einen Champagner entnahm. Ich fragte leise: Warum tust du das? Ist besser so, antwortete er. Sonst wären sie auch noch in der Küche, würden sie auch noch besetzen. Er stellte zwei Gläser auf das Tablett, irgendeine Melodie summend, und fragte fröhlich: Kannst du dir vorstellen, was für ein Chaos das wäre? Ich sah ihn verständnislos an, er hatte meine Frage gar nicht beantwortet. Nein, sagte er, indem er das Tablett nahm und in den Flur ging, so ist es besser. Ich folgte ihm, als er das schwer mit Essen und Getränken beladene Tablett ins Wohnzimmer trug. Stell es einfach ab, sagte die am Schreibtisch sitzende Hana, ohne sich nach ihm umzudrehen. Als wäre er der Zimmerservice. Im Schutz des Flurs sah ich zu, wie sich Tomas kerzengerade umdrehte und das Tablett behutsam auf dem Couchtisch senkte, seine Steifheit verriet mir, wie schwer es war.

Teller klirrten, als er das Tablett absetzte, aber nichts ging kaputt. Trotzdem drehte sich Hana zornig und irritiert zu ihm um, als wäre ihre Konzentration unverzeihlicherweise gestört worden, und ich hörte Tomas eine Entschuldigung murmeln. Ich sah, wie er demütig in sich zusammensank, er wirkte plötzlich wie ein Greis. Ihn so zu sehen, löste etwas in mir aus, einen wilden Zorn. Xavier hatte auf dem Sofa gelegen, nun setzte er sich aufrecht hin. Er warf Hana über die Schulter einen scharfen Blick zu, rügend oder warnend, dann schenkte er Tomas ein strahlendes Lächeln. Champagner, murmelte er. Wow. Er griff nach einem Happen Prosciutto, schob sich das Fleisch in den Mund, angelte sich anschließend eine Olive, wischte die Finger an einer Serviette ab und erkundigte sich, ob es auch Cracker gebe.

Cracker, sagte Tomas tonlos, als Xavier aufstand, nach einer Flöte griff und diese vor Hanas Gesicht schwenkte, begleitet von einem frechen Hüftschwung. Sie sah ihn an, schüttelte kurz und wegwerfend den Kopf. Xavier zuckte die Schultern und kehrte auf das Sofa zurück. Er leerte den Champagner und sah zu Tomas auf. Ja, sagte er gedehnt, Cracker. Und obgleich Tomas anzumerken war, was ihm durch den Kopf ging, dass er gern erwidert hätte, er solle sich die Cracker selbst holen, etwas, das er in der Vergangenheit tausendmal gesagt hatte, stand er geraume Zeit reglos da, wandte sich dann um und schlurfte aus dem Zimmer. Wann hatte er begonnen, so zu schlurfen? Als er auf mich zukam, wich er meinem Blick aus, wollte offenbar vermeiden, dass ich fragte, was er da um Himmels willen tue, wieso er dulde, dass sie so mit ihm redeten. Er huschte an mir vorbei in die Küche.

Ich folgte ihm und baute mich vor ihm auf, damit er mir nicht ausweichen konnte. Was ist hier los?, fragte ich leise. Ich zeigte zum Wohnzimmer, zu Hana und Xavier. Wie kannst du es zulassen, dass sie so mit dir umspringen? Mit dir reden, als wärst du ihr Diener? Ich wies auf den Tresen, die offenen Gläser und Tüten. Wozu diese lächerlichen Tabletts mit Essen, wieso verhältst du dich, als hättest du kein

Recht, das Wohnzimmer zu betreten? Sie sind Gäste, dies ist unser Zuhause, oder nicht?

Tomas blieb stumm, holte nur eine Packung Cracker oben aus dem Schrank, eine Sorte, die ich im Apartment noch nie gesehen hatte, die mir selbst geschmeckt hätte, doch ich ahnte, Tomas hatte sie für genau diese Gelegenheit gekauft, in Erwartung des Wunsches. Ich schüttelte den Kopf, in meinem Inneren rumorte es zornig, gleich einer Kette kleiner Eruptionen. Antwortest du jetzt endlich?, fragte ich. Da wandte er sich zu mir um, einen kleinen, mit Crackern gefüllten Teller in den Händen, und erwiderte: Du übertreibst. Er sagte das milde, ohne die Stimme zu heben – mit einer Selbstgefälligkeit, die mir neu war, als gäbe er sich einem stillen Vergnügen hin, eines, das sein Bedürfnis nach dem Kontakt mit der Außenwelt ersetzt hatte.

Haben wir uns das nicht immer für Xavier gewünscht?, fuhr er heiter fort. Endlich etwas, das ihn erfüllt, eine zielgerichtete Leidenschaft? Seine Orientierungslosigkeit hat uns doch immer zu schaffen gemacht, wir haben ständig über seinen mangelnden Ehrgeiz geklagt. Und nun schau ihn dir an. Er sah mich stolz und freudig an, und ich spürte, wie erneut Frustration in mir aufwallte. Und was sehe ich?, entgegnete ich. Er gammelt den ganzen Tag auf dem Sofa, er schreibt nicht, er studiert nicht, er widmet sich keiner Aufgabe. Sicher, er hat den Job bei Anne, aber wann das weitergeht, steht in den Sternen. Wissen wir, ob es weitergeht? Wo ist Anne? Ich muss ihr schreiben, sie fragen, wann sie zurückkehrt, sagte ich, indem ich nach meinem Handy griff. Tomas schüttelte abrupt den Kopf, und ich hielt inne.

Ich legte das Handy weg. War es immer so mit uns gewesen? War es ein uralter Streitpunkt, waren es Rollen, die wir regelmäßig spielten? Tomas, der mitfühlendere Elternteil, jemand, der nicht sofort urteilte und seine Erwartungen zu zügeln wusste? Ich wiederum die Person mit mangelnder Selbstbeherrschung, zu stark von Impulsen und von Stolz beherrscht? Nun runzelte er die Stirn und sagte: Du bist viel zu kritisch. Er hat hart gearbeitet, wie du ja selbst gesagt hast, und er hat seine Leidenschaft für eine bestimmte Welt entdeckt, nur hat er seine Rolle darin noch nicht gefunden. Das ist normal. Er ist jung. Er hob die Hände, legte sie auf meine Schultern, sie waren schwer wie Blei. Das ist gut so, sagte er bittend. Das ist gut so.

Er hätte mich fast überzeugt, nichts wäre mir lieber gewesen. Zu ihm aufblickend, bemerkte ich jedoch, dass die Art, auf die seine Augen sich geweitet hatten, unnatürlich war, sein Lächeln wie erstarrt. Ich rief mir in Erinnerung, wie ich früher von Tomas getröstet worden war, er hatte dann immer gesagt, alles werde gut, hatte mich in die Arme geschlossen und meine Bedenken verscheucht. Nun kam es mir vor, als hätte ich bei all diesen Gelegenheiten kapituliert, mich seiner Lesart, seinem Narrativ unterworfen, weil das einfacher gewesen, weil er so überzeugend war – und doch ist eine solche Überzeugungskraft nur einen Schritt von der Nötigung entfernt.

Ich entwand mich und wich zurück. Früher hätte das gereicht, früher wäre er daraufhin auf mich zugegangen. Doch er zuckte nur die Schultern und griff nach dem Teller mit Crackern. Du bringst ihnen das jetzt nicht, sagte ich. Er wandte sich ab und ging durch den Flur zum Wohnzimmer, zu Xavier und Hana. Du tust das nicht wirklich, sagte ich. Und er rief über die Schulter: Du steigerst dich in etwas hinein. Das rief er in einem Singsang, in dem etwas Herablassendes, Apodiktisches mitschwang, was wiederum eine nie gekannte Wut in mir auslöste, noch nie war ich so wütend auf ihn gewesen. Als er sich dem Wohnzimmer näherte, blitzte der Gedanke in mir auf, dass ein Schubs genügen würde, um ihn mitsamt Teller auf die Nase fliegen zu lassen.

Und niemand würde ihm aufhelfen. Er ging eilig weiter, entfernte sich von mir, und dank der Distanz – jeder Impuls wäre während ihrer Überbrückung verflogen – unterließ ich es. Die Hand auf dem Rücken. Fast über die eigenen Füße stolpernd. Vielleicht hätte ich die Entfernung, befeuert von meiner Wut, doch noch überbrückt, nur hatte er das Wohnzimmer schon betreten, den Raum, der Hana und Xavier im Zuge eines schleichenden Prozesses zugefallen war, ein Prozess, den ich wahrscheinlich niemals würde nachvollziehen können. Als er im Wohnzimmer verschwand, wurde ich abermals von dem grässlichen Gefühl der Vertrautheit erfasst, erfüllte mich das Wissen, das ich weder einordnen noch ergründen konnte, dem also nicht zu trauen war, bei dem es sich genau genommen nicht um Wissen, sondern um eine Ahnung handelte, die keiner Beweise bedarf und somit unwiderlegbar ist – die Ahnung, dass nichts davon neu war, weder mein Zorn noch die Worte, weder sein Gefühl der Unzulänglichkeit noch meine herausfordernde Reaktion, all das hatte es immer wieder gegeben.

Ich rührte mich nicht vom Fleck. Durch die Wohnzimmertür konnte ich sehen, wie Tomas den Teller mit Crackern abstellte, nicht vor Xavier, der darum gebeten hatte, sondern vor Hana. Und als er den Teller neben ihren Ellbogen stellte –

spitz und bleich wie ein ans Ufer gespültes Knochenfragment –, kam in seiner Miene nicht die erwartete Servilität, sondern eine verstohlene, verschämte Begierde zum Ausdruck, deren Banalität sofort offensichtlich war, ein alter Mann, den es nach einer jungen Frau gelüstete. Ich blinzelte, und als ich wieder hinsah, war der Gesichtsausdruck verflogen, hatte sich Tomas zu Xavier umgedreht und schien leise seine Zuneigung zu bekunden, im Gegenzug ergriff Xavier Tomas' Hand. Tomas beugte sich zu ihm hinab, sagte etwas und klopfte ihm auf die Schulter. Xavier hielt die Hand seines Vaters, und dann sahen beide in einer synchronen Bewegung auf und schauten quer durch das Wohnzimmer: ihre Gesichter wie Mündungen einer Doppelflinte. Eigentlich gab es keine Ähnlichkeiten, Xavier hatte fast nichts von Tomas, er war durch und durch mein Kind, äußerlich und auch sonst, doch als sie ihre Blicke auf mich hefteten, ähnelte sich ihre Mimik, es war wie eine Spiegelung, eine Doppelung, in der sich ihre jeweilige, mir seit langer Zeit vertraute Persönlichkeit auflöste.

12

AN DEN NÄCHSTEN Tagen stießen weder Tomas noch Xavier nach der Vorstellung zu mir, als hätten sie eine Vereinbarung getroffen oder würden den gleichen Impulsen gehorchen. Ich ging mit Kollegen und Kolleginnen, häufiger jedoch mit Leuten zum Dinner, die das Stück gesehen hatten, und diese waren zahlreich, es war die letzte Woche, also auch die letzte Gelegenheit, es zu sehen. Ich saß allein da, an einem der Tische, an denen es sehr lebhaft, sehr lautstark zuging, wenngleich mir der Lärm im Laufe des Essens entrückte. Ich lauschte dem pflichtschuldigen Lob, und manchmal fiel mir ein, mich mit einem liebenswürdigen Lächeln zu bedanken, meist vergaß ich es jedoch, saß zerstreut und teilnahmslos schweigend da, bis die Stimmung ins Wanken geriet, das Gespräch versiegte.

An jenem bestimmten Abend herrschte tieferes Schweigen als gewöhnlich. Ich war erledigt, die Galgenfrist bis zur letzten Aufführung lastete immer stärker auf mir, ich konnte das Gefühl, dass das Stück bald ausliefe, nicht abschütteln. All das löste eine fiebrige Nervosität in mir aus, ich trat erregt in das Stück ein, erkundete hektisch den Raum, unbändig und undiszipliniert wie ein Tier, das mit der Schnauze im Schmutz wühlt, wie ein Tier, das sich im Schlamm suhlt, nur noch zehn Aufführungen, nur noch acht, nur noch fünf. Ich bekam nicht genug davon, wusste aber zugleich, dass meine Besessenheit ein Problem war, dass meine Auftritte an den Rändern zerfaserten, mein Gefühl, bald sei Schluss, erwies sich zunehmend als fatal. An jedem Abend wurde mir klar, dass es an der Zeit war, mich weiterzubewegen, dass die Kurve längst nach unten zeigte, alles weiter schwinden würde, ein paarmal noch, öfter würde ich dies nicht mehr tun können.

Es war die Wucht dieser Einsicht, die mich während des Dinners verstummen ließ, an dem Abend konnte ich mich nicht einmal zu einem Minimum an Höflichkeit aufraffen, und ich merkte, dass sich alle, die mit mir am Tisch saßen – Menschen, die ich nicht gut kannte, einige Schauspieler und eine Autorin, Leute, mit denen ich keinen Umgang hatte –, unbehaglich zu fühlen begannen, ich ahnte, dass sich ihr Unbehagen zu Antipathie verhärten würde, sie würden von dem furchtbaren Abend in meiner Gesellschaft erzählen, mich vielleicht sogar verspotten, meine Hochnäsigkeit, meine Arroganz, das war absehbar. Ich hatte die Finger um den Stiel meines Weinglases gelegt und tippte unruhig gegen den Kelch, und dann stieß ich das Glas gezielt um, so dass sich ein Fleck auf der Tischdecke ausbreitete, alle anderen schoben erschrocken die Stühle zurück. Ich entschuldigte mich und erklärte, ich sei wohl müder als gedacht, ich tupfte sinnlos auf dem Fleck herum, bis die Kellnerin erschien und Teller und Gläser abräumte, um eine frische Decke auflegen zu können, ich fuhr fort, um Verzeihung zu bitten, und am Ende schien es natürlich, absolut entschuldbar zu sein, dass ich mich verabschiedete. Die anderen standen auf, ihre Mienen zeigten Verständnis, und als sie ihr Lob wiederholten, klang es aufrichtiger, meine Ankündigung, gehen zu wollen, schien die Stimmung aller aufzuhellen, ich wiederum konnte auf eine Art reagieren, die sicherstellen würde, dass ich am Ende doch keinen so schlechten Eindruck hinterließ.

Ich verließ das Restaurant zutiefst erleichtert, war heilfroh, mich von diesem zähen Dinner losgeeist zu haben, ein herrliches Gefühl. Ich schritt flott aus, und als ich beim Apartment angelangte, sah ich nach der Zeit und stellte fest, es war noch früh. Ich beschloss, eine Runde um die Blocks zu drehen, die warme Luft auf der Haut zu genießen, der Winter war endlich zu Ende gegangen, ich hatte keine Lust, schon hineinzugehen. Als ich um die Ecke bog, sah ich von der anderen Straßenseite zu unserem Gebäude auf, alles wäre anders gekommen, wenn ich das nicht getan hätte. Mein Blick glitt höher, immer höher, bis zu unserem Stockwerk, unserem Apartment. Alle Fenster waren hell erleuchtet, eine Reihe lichter Rechtecke vom Wohnzimmer über die Küche bis zu den Schlafzimmern, sogar im kleinen Raum ganz hinten, Tomas' Arbeitszimmer, wo er stets im Schein der Schreibtischlampe arbeitete, nie in dem der Deckenleuchte – sogar dieser Raum erstrahlte.

Ich legte die Stirn in Falten, begriff anfangs nicht, was ich sah. Es war unser Apartment, ich wusste, es war unser Apartment, nur auf bizarre Art verwandelt. Ich wurde von einem Schwindel erfasst, rang um Atem. Irgendetwas stimmte nicht, ganz und gar nicht. Ich machte kehrt und lief auf der Straße bis zum Eingang, den ich atemlos erreichte, ich stieß die Glastür auf. Ich stand vor dem Fahrstuhl, bevor die Eingangstür zugefallen war, kalte Luft fegte in die Lobby und verpuffte langsam wieder, ich drückte in sinnloser Hektik auf die Taste, ganz gleich, wie oft ich drückte, der Fahrstuhl war nicht rascher da, und doch …

Ich stellte mir vor: ein Unfall, ein Schlaganfall, das Heulen eines nahenden Rettungswagens. Endlich kam der Fahrstuhl, und während er aufwärts kroch, quälend langsam, legte ich den Kopf in den Nacken und versuchte zu atmen, man hatte mir für solche Fälle Übungen beigebracht, Verhaltensregeln mit auf den Weg gegeben. Vielleicht wäre alles in Ordnung, vielleicht war es nicht wie gedacht, und dann erfasste mich plötzlich der infantile Wunsch, im stillen Fahrstuhl zu bleiben, ein Vogel mit dem Kopf im Sand, könnte ich für immer hierbleiben, könnte ich in dieser engen, abgeschotteten Kammer verweilen, dann würde mir nichts geschehen, würde uns allen nichts geschehen. Dann ertönte der vertraute, helle Ton, mit dem die Türen aufgingen, und mich schwindelte wieder. Ich stolperte in den Gang und schloss die Tür des Apartments auf.

Drinnen war es viel zu hell, jede einzelne Leuchte war eingeschaltet, so dass die Räumlichkeiten sonderbar zweidimensional wirkten, der normalen Raumtiefe entbehrten. Alle Dinge im Apartment wirkten unkörperlich, beinahe wie Requisiten, die täuschend echt aussehen, sich aber als Fehlkonstruktionen erweisen, wenn man sie zur Hand nimmt, sie sind zu leicht oder schlampig montiert. Ich lehnte mich gegen die Wand, um mich zu sammeln, und ahnte, auch diese war hohl und dünn und instabil und würde in sich zusammenbrechen, wenn ich mich zu wuchtig dagegenlehnte. Eine Wand in meinem eigenen Zuhause, dem Apartment, das ich seit zig Jahren bewohnte. Hinten im Flur ertönte ein dumpfer Laut, dann noch einmal und noch einmal, und ich eilte darauf zu, ins Wohnzimmer, wo alle Lichter brannten.

Ich erblickte Xavier, der den Raum durchstreifte, ein Wurfkissen in der Hand, in das er seine Faust schlug, was das dumpfe Geräusch verursachte, dieses furchtbar dumpfe Geräusch. Er pirschte immer wieder im Kreis durch den Raum, es war, als hätte er ein geheimes Selbst in seinem Inneren versteckt gehalten, das ich nie richtig wahrgenommen, das er nun von der Leine gelassen hatte. Zeigt euch, zeigt euch, rief er mit einer Stimme, wie ich sie aus seinem Mund noch nie gehört hatte, einerseits schrill, andererseits bedrohlich wie ein Knurren. Seine Bewegungen waren kantig und übertrieben, er drehte den Kopf hin und her, stelzte im Stechschritt über den Teppich und schlug abermals ins Kissen.

Ich sah mich mit wachsender Furcht im Raum um. Zahllose leere Flaschen auf den Tischen, ein Glas war auf den Fußboden gefallen und hatte einen leuchtend roten Fleck auf dem Teppich hinterlassen. Da kam Tomas auf allen vieren hinter dem Sofa hervor. Bin nicht hier!, rief er befremdlich munter, wie ein Kadett, der sich zum Dienst meldet, wie ein Schulkind bei der Anwesenheitskontrolle, obgleich er *nicht hier* rief anstelle von *hier*. Sie spielten Suchen oder Verstecken. Nicht hier!, wiederholte er, und mir stockte der Atem, es war ein grotesker Anblick, wie Tomas mit schwerfällig hin und her pendelndem Kopf über den Fußboden kroch, ausgerechnet Tomas, der stets so großen Wert darauf gelegt hatte, nach außen möglichst würdevoll zu erscheinen.

Was soll das?, fragte ich laut, und beide fuhren herum. Das Kissen entglitt Xaviers Hand und plumpste auf den Fußboden. Tomas kam umständlich auf die Beine – ich meinte, den Schmerz in seinem Rücken, seinen Knien zu spüren, in seinem gealterten Körper. Ich sah mich ein weiteres Mal im

Raum um, abgesehen von Flaschen und Gläsern stand da nichts, alles war entfernt worden. Den Schreibtisch etwa, dieses monströse Ungetüm vor der Wand, hatte man komplett freigeräumt. Wo ist Hana?, fragte ich scharf. Nichts deutete auf ihre Anwesenheit hin, ihre Pullover, Bücher und Unterlagen, die ich zigmal gefaltet und aufgeräumt hatte, waren ebenfalls verschwunden. Was ist passiert?, fragte ich Tomas und Xavier, beide schauten so schuldbewusst drein wie kleine Kinder. Wo ist Hana?, wiederholte ich.

Sie ist ausgegangen, flüsterte Xavier und ließ den Kopf hängen. Was soll das heißen, ausgegangen?, fragte ich. Ihre Sachen sind weg. Hat sie eine andere Bleibe gefunden? Xavier schüttelte den Kopf, als wüsste er selbst keine Antwort, könnte nicht sagen, wo sie steckte, er leckte über seine Lippen und erklärte dann: Sie ist nicht da. Vielleicht kehrt sie morgen zurück, vielleicht übermorgen, sie ist halt nicht da. Ich sah Tomas an, auch er wich meinem Blick aus, und ich tat unwillkürlich einen Schritt auf ihn zu. Was habt ihr gemacht?, fragte ich. Was ist hier los? Hinten im Apartment ertönte ein Geräusch, und ich sah ruckartig auf. Nichts, sagte Tomas mit schwacher Stimme, und da strahlte Xavier plötzlich über das ganze Gesicht. Er stieß einen Freudenschrei aus, jagte quer durch das Zimmer und durch den Flur. War nur ein Spiel, antwortete Tomas lahm. Bloß ein Spiel.

Wieder das dumpfe Geräusch, und dann hatten wir Hanas schrilles, quiekendes Gelächter im Ohr. Tomas erschrak, ein Zucken durchlief ihn, er stand eine Sekunde reglos da, zwei Sekunden, er schloss die Augen, sein Körper bebte angespannt, er zog einen Fuß hin und her, bis er sich nicht mehr zügeln konnte und mit einem Aufschrei aus dem Wohnzimmer huschte. Ich folgte ihm, sie waren in Tomas' Arbeitszimmer verschwunden. Ich schaute in den Flur wie in das falsche Ende eines Teleskops und sah Hana aus einem Wandschrank torkeln und zu Boden sinken, und als Xavier Hana aufhalf, kreischten alle drei vor Lachen, Tomas so unbändig, dass er sich krümmte.

Ich sah wie erstarrt zu, am anderen Ende des Flurs verharrend, der mir ungewöhnlich lang vorkam, sich auf geheimnisvolle Weise gestreckt zu haben schien, ich beobachtete die drei, als wäre es ein Tableau, Hana ausgestreckt auf dem Boden, Xavier auf den Knien, um ihr zu helfen, Tomas über die beiden gebeugt wie ein bekümmerter Bittsteller, ein verdrossener Hofnarr oder ein böser Geist. Wenn ich nicht zu ihnen ging, wie es sich gehört hätte, dann wegen Tomas, sein Anblick wollte mir nicht in den Kopf, ich war schlicht fassungslos. Hana lachte noch, als Xavier ritterlich versuchte, ihr aufzuhelfen, doch er stellte sich ungeschickt an, und sie fiel wieder hin, weiter lachend.

Nun fiel Tomas auf die Knie, als wollte er ihr aufhelfen. Aus seiner Miene sprach die verhaltene Begierde eines Mannes, der sich in Geduld geübt, auf die rechte Gelegenheit gelauert hatte und glaubte, aber nicht ganz zu fassen vermochte, dass diese nun endlich gekommen war. Seine Augen glänzten lüstern, während er eine ihrer Brüste abwechselnd streichelte und drückte. Sein Gesicht war mir noch nie so fremd gewesen, es glich einem auf den Kopf gestellten Gefäß, alles, was seine Persönlichkeit ausmachte, tröpfelte auf den Boden.

In diesem Moment, mein Mann barg ihre Brust in seiner Hand, ließ Hana ihren Blick zu mir gleiten und sah mich über die Distanz des langen Flurs hinweg an. Ihr Blick verriet weder Verlegenheit noch Scham, stattdessen glitzerten ihre Augen sowohl triumphierend als auch amüsiert. Sie gab Tomas einen kleinen, aber scharfen Klaps auf die Hand. Frech! Frech!, schrie sie. Unartiger alter Mann! Und dann begann sie zu lachen, wie um zu demonstrieren, dass ihre Worte nicht ernst gemeint gewesen waren, sie also nur Spaß gemacht hatte, gut möglich, dass ich mich in jüngeren Jahren ähnlich aufgeführt hätte. In meinem Kopf ging alles wild durcheinander, und doch durchzuckte mich ein Gefühl der Überraschung, wie konnte es sein, dass eine Frau ihres Alters und ihrer Generation, wie konnte es sein, dass ausgerechnet sie den Drang hatte, sich so zu verhalten?

Als Xavier Hana schreien hörte, drehte er sich zu ihr und Tomas um. Wir beobachteten gemeinsam, wie sie ihre Arme um Tomas schlang, wie sich beide einer obszönen Umarmung hingaben. Ich konnte sehen, wie Xavier zu beben begann, wie seine Schultern sich verkrampften, und ich begriff, dass er litt. Er sah sich fahrig um, und ich wusste, sein Blick suchte mich, fand mich, wir sahen einander geraume Zeit an. Er schaute bittend drein, bittend wie ein Kind, das seine Mutter anfleht, eine quälende Situation zu beenden. Ich verharrte wie erstarrt am anderen Ende des Flurs, ich sah sein Gesicht in all seiner Verletzlichkeit, in seinen Zügen begann sich die Furcht vor einer Enttäuschung abzuzeichnen, und ich begriff, dass er von mir Hilfe erwartete.

Zu begreifen, dass man diejenige ist, von der Hilfe erwartet wird, ist nicht ohne, liegt aber in der Natur der Mutterschaft, die Erwartungen enden nie. Und daher, genau deshalb, setzte ich mich in Bewegung und ging durch den Flur, ich tat es für Xavier. Ich eilte zu ihm, das Herz auf der Zunge, ich rannte förmlich, spürte aber im Näherkommen, wie das Band zwischen uns erschlaffte, und als ich die drei schließlich erreichte, fiel die offene Tür seiner Erwartungen zu, ein Augenblick noch, dann hätte sie sich ganz geschlossen. Und ich stand draußen. Und ebendas erklärte mein Benehmen, ich wusste, dass ich mich ungebührlich verhielt. Als wäre eine andere Person in mich hineingeschlüpft, eine ganz andere Frau.

Ich kümmerte mich nicht um Xavier. Stattdessen riss ich Tomas mit einer Kraft auf die Beine, die ich nicht in mir vermutet hätte, man hört gelegentlich von Frauen, die außergewöhnliche Kraftakte vollbringen, wenn ihrem Kind Gefahr droht, die ein Auto anheben oder dergleichen, was hatte es zu bedeuten, dass ich in einem Augenblick unbändiger Wut eine solche Körperkraft entwickelte? Ich riss ihn so gewaltsam hoch, dass er ausrutschte und gegen die Wand knallte, sein lieber, alter Kopf prallte davon ab, es war, als hätte ich ihn bewusst dagegen geschleudert, als hätte ich ihn zu Boden geworfen, obgleich das undenkbar war, nicht der Realität entsprechen konnte. Xavier schrie erschrocken auf und eilte zu Tomas, ich dagegen nicht, stattdessen riss ich auch Hana auf die Beine und zerrte sie zur Eingangstür.

Sie folgte mir widerspruchslos, trieb auf dem Weg durch den Flur neben mir her, sie wirkte auf bizarre Art immateriell, obgleich sie wenige Sekunden zuvor eine so starke körperliche Wirkung auf uns gehabt hatte, nun ging sie ohne jedes Widerstreben neben mir, sie hätte genauso gut ein Geist sein können, und als wir die Eingangstür erreichten, öffnete sie diese selbst und durchschritt sie ohne ein Wort des Protestes, als hätte sie dies erwartet, als hätte sie auf diesen Augenblick gewartet, der, wie ich jetzt begriff, seit geraumer Zeit unausweichlich gewesen war. Sie drehte sich erst um, als sie draußen stand, und ich erkannte – ich erkannte in ihrem Gesicht einen Ausdruck, der nur als Mitleid zu bezeichnen war. Sie wandte sich blitzartig ab, als wollte sie ihr Gesicht verbergen, und ich begriff, dass ich ihre Regung eigentlich nicht hätte sehen sollen, dass es eine unverstellte, ehrliche Reaktion auf mich war, auf die Person, die ich in diesem Moment war.

Dann war sie weg. Die Tür fiel zu, und ich stand da wie vor den Kopf gestoßen, was war gerade geschehen, ich wusste es nicht. Vor mir gähnte die Leere, die sie hinterlassen hatte. Ich hörte Xavier hinten im Flur stöhnen. Ist sie weg? Hast du sie gehen lassen? Er kam auf die Beine und torkelte auf mich zu. Was hast du zu ihr gesagt?, schrie er. Gar nichts, antwortete ich, ich habe nichts zu ihr gesagt. Doch er schüttelte den Kopf, als könnte das nicht sein, und wollte die Tür öffnen, während ich wieder beteuerte, nichts gesagt zu haben, und als er die Tür aufriss und im Gang Ausschau nach ihr hielt, als er zum Fahrstuhl und danach zur Treppe hetzte, rief ich ihm nach: Sie hat genauso wenig etwas gesagt, sie ist wortlos verschwunden. Sie wusste, sie musste gehen, verstehst du. Er lief polternd die Treppe hinunter, bevor ich ihn aufhalten konnte, andererseits versuchte ich das gar nicht, jedenfalls nicht entschlossen genug, stattdessen fuhr ich herum und eilte zu Tomas.

Er hatte sich hingesetzt, und ich blieb vor ihm stehen. Wir starrten einander an, als wären weder er noch ich willens oder fähig, den ersten Schritt zu tun. Dann hielt er mir eine

Hand hin. Ich setzte mich neben ihn, ohne sie zu ergreifen. Er atmete seufzend aus und senkte seine Hand. Er trommelte mit den Fingern unruhig auf sein Bein, und da nahm ich seine Hand, wenn auch nur, um sie ruhig zu halten, ich umschloss sie so fest wie möglich. Er wandte mir das Gesicht zu, sein Kopf lehnte noch an der Wand, als fehlte ihm die Kraft, ihn aufrecht zu halten. Er fragte, ob sie weg sei. Ich nickte. Er war sehr still. Tja, sagte er schließlich, und ich nickte wieder und drückte seine Hand noch fester. Unterdessen kehrte Xavier ins Apartment zurück, er lief durch den Flur, und wir standen langsam auf, als wüssten wir, dass nun eine Auseinandersetzung drohte.

Xavier stand schwer atmend vor uns. Es musste ein Ende haben, sagte ich entschieden. Und das weißt du, es konnte unmöglich so weitergehen. Und Xavier entgegnete: Unmöglich wegen dir, weil du echt irre bist, *Mom*, du bist total irre. Seinem Tonfall nach hatte er die Bezeichnung *Mom* in Anführungsstriche gesetzt, er schien das genaue Gegenteil einer Mutter zu meinen. Das Wort *Mom* hallte im Flur nach, rotierte klappernd in meinem Kopf. Ich sah, wie seine Miene in sich zusammenfiel, bis ich mich nicht mehr in ihm wiedererkennen konnte, in keiner Weise. Du bist nicht mein Sohn, sagte ich, und er lachte. Wie sollte das möglich sein? Sieh dich doch an. Seine Worte troffen von Verächtlichkeit. Ich hörte Tomas' Stimme wie aus weiter Entfernung: Sprich nicht so mit deiner Mutter, und er tat einen Schritt, als wollte er Xavier wegstoßen, nur fehlte ihm die Kraft, es blieb beim bloßen Ansinnen, Xavier lachte bitter auf und wich ihm aus. Was willst du von mir?, fragte ich, und Xavier lachte erneut. Bitte, sagte Tomas, besser, du gehst jetzt.

Xavier sagte: Ich gehe, ich rufe dich bald an, er sagte das zu Tomas. Und als er sich abwandte, als wir ihm durch den Flur in das Wohnzimmer folgten, dachte ich: Nein, sagte ich: Nein. Ich klatschte in die Hände, das Geräusch explodierte im Raum. Xavier erschrak wie bei der Fehlzündung eines Autos oder bei dem Knall eines Schusses, der durch eine Straße hallt. Er hatte die Schultern hochgezogen, stand krumm da, ich dachte, gleich legt er sich die Hände auf die Ohren. Er starrte zu Boden, traute sich nicht, mich anzuschauen. Als ich sprach, tat ich dies mit einer Endgültigkeit, die ich eigentlich nicht empfand, ich sprach, als wären die Worte eine Beschwörung. Ich sagte: Es ist aus. Und obwohl sich weder Xavier noch Tomas rührten, war der Raum wie verwandelt, waren wir keine beieinanderstehende Familie mehr – eine Familie mit Problemen, mit ihren Dramen und gegenseitigen Abneigungen und allem, was dazugehört, eine typische Familie also –, sondern drei getrennte Wesenheiten, atomisiert, in einem Raum, der schlagartig jeden Sinns entbehrte.

Xavier hob den Kopf und sah Tomas fragend an. Ich blickte zu Tomas, ich wusste, er schwankte, hegte insgeheim den Wunsch, diese Performance, diese Fantasie aufrechtzuerhalten, ich sah ihm an, wie ihm dieser Gedanke durch den Kopf ging und sich zu verfestigen begann, was war Familie anderes als ein geteiltes Trugbild, ein gemeinschaftliches Konstrukt? Und auch Xavier schien zu glauben, Tomas einfach nur überzeugen zu müssen, diesen auf seine Seite zu ziehen, also eine Mehrheit von zwei zu eins zu bilden, damit die eingebildete Lebenswirklichkeit, auf die wir uns geeinigt hatten, aufrechterhalten werden konnte. Er irrte sich jedoch, er überschätzte seine Überzeugungskraft, die Bilanz der vergangenen Wochen. Ich konnte Jahre, ja ein ganzes Leben in die Waagschale werfen, und wusste, Tomas würde mich nicht im Stich lassen, weder in dieser noch in irgendeiner anderen Hinsicht.

Am Ende war es Xavier, der den Kreis als Erster verließ, vielleicht, weil er rasch akzeptierte, was ich längst wusste. Tomas blieb allein drin zurück. Ich betrachtete ihn, und mir schien, ich hatte ihn noch nie so verloren erlebt. Er gestikulierte, als wollte er an uns appellieren – als wollte er fragen, ob wir uns tatsächlich sicher seien, als wollte er uns auffordern, in den magischen Kreis zurückzukehren. Doch es war zu spät, der Raum hatte sich bereits verwandelt, war schlicht ein Zimmer in einem Apartment in einer Stadt, und wir waren schlicht ein Paar mit einem Fremden, einer Person, deren Anwesenheit nicht mehr nachvollziehbar, die von uns abgespalten worden war, und Xavier, der dies zu spüren schien, mochte nicht warten, bis Tomas zum endgültigen Schlag ausholte. Tomas, der typisch langsam reagierte.

Xavier entließ einen schwer zu beschreibenden Laut, halb Seufzen, halb Ausatmen, ein schrilles Lachen. Er begann, im Wohnzimmer seine Sachen zusammenzusuchen, wie Hana es vermutlich vor wenigen Stunden getan hatte, er verschwand in sein Schlafzimmer und kam mit einer Reisetasche wieder zum Vorschein, in die er Bücher und Kleidung stopfte, mir wurde bewusst, wie sehr sie sich im Wohnzimmer ausgebreitet hatten. Das konnte nicht auf Dauer funktionieren, sagte er, während er seine Habseligkeiten aufklaubte. Er schloss den Reißverschluss seiner Tasche, drehte sich zu uns um. Aber was, wenn doch? Tomas fuchtelte hilflos mit den Händen und sah Xavier zärtlich und voller Sehnsucht an. Was wirst du jetzt tun?, fragte er mit bebender Stimme. Xavier schwieg. Er schüttelte bloß den Kopf, dann war er verschwunden.

13

DANACH MERKTE ICH, wie still es im Apartment sein konnte, Reue und Enttäuschung schienen alles zu dämpfen. In dieser Stille, die Tage, ja Wochen währte, fragte ich mich mehrfach, was ich getan hatte. Ich hatte den Eindruck, vorübergehend von Irrsinn befallen worden zu sein. Ich betrachtete Tomas und versuchte, den Zustand manischer Überzeugtheit nachzuvollziehen, der mich sowohl erregt als auch geschwächt hatte, inzwischen empfand ich nur noch ein wachsendes Bedauern.

Was Xavier betraf, so wusste ich nicht mehr, was er mir bedeutete oder ich ihm. Wir hatten Rollen gespielt, und eine Zeitlang – solange wir unsere jeweilige Rolle im Griff gehabt und in dem trügerischen Konstrukt mitgespielt hatten, das man Familie nennt, anders gesagt in der Geschichte, die einer dem anderen erzählt –, hatte alles reibungslos funktioniert. Doch je tiefer die Komplizenschaft geht, je länger sie währt, desto enger die Spielräume, desto strikter und bindender die Vereinbarung, und am Ende bedurfte es wenig, um alles zusammenbrechen zu lassen. Es war, als wäre eine Pause ausgerufen worden, als wäre uns beiden schlagartig aufgegangen, dass sein Text mangelhaft, meine Charakterisierung ungenügend, der gesamte Plot fehlerhaft und unplausibel war.

Denkbar auch, dass er seine Rolle schlicht konsequent zu Ende spielte. Vielleicht war es nur das, also weniger als gedacht. Können Dinge ungesagt und ungeschehen gemacht werden, kann die Zeit sowohl voran- als auch zurückschreiten, kann sich eine Geschichte in beide Richtungen entfalten? Als ich einige Tage später heimkehrte, stellte ich fest, dass seine Sachen weg waren, ich nahm an, Tomas hatte dafür gesorgt. Wahrscheinlich stand er mit Xavier in Verbindung. Ich erwartete nicht, dass Tomas alle Brücken abbrach. Wünschte es nicht einmal. Angesichts des trostlosen Apartments beruhigte es mich, wenn sein Handy brummte, ob beim Frühstück oder mitten in der Nacht, tat es mir gut zu wissen, dass ein Kommunikationskanal offen geblieben war, dass es wenigstens Xavier gut ging. Ich schämte mich zunehmend für das, was sich abgespielt hatte. Nicht nur wegen der Auseinandersetzung, sondern wegen allem, was ihr vorausgegangen war, wir hatten uns stärker entblößt als beabsichtigt, hatten die Blaupausen unserer intimsten Bedürfnisse auf beinahe ungehörige Art ausgetauscht.

Das Stück lief aus. Die letzten Aufführungen waren hohl, ich spielte ohne innere Beteiligung, was sowohl alle um mich herum als auch das Publikum spürten. Ich hatte dem Stück alles abgerungen. Und doch fehlte es mir am Ende. Das Apartment fühlte sich größer an, es fühlte sich leerer an. Selbstverständlich dachte ich an Xavier. Solange er mit Tomas in Kontakt stand, solange beide miteinander sprachen, egal auf welchen Wegen und mit welchen Mitteln, gab es noch die Möglichkeit – nicht die einer Versöhnung, sondern einer Rekonstitution. Einer Fortsetzung. Hältst du das für möglich?, fragte ich Tomas. Er blieb stumm. Hatte er meine Frage verstanden? Aber natürlich, er verstand alles. Das tat er immer. So war Tomas nun einmal.

Einen Monat später stand Xavier wieder vor der Tür. Bevor Tomas öffnete, fragte ich mich, wer uns erwartete, welche Version seiner Person, welchen Menschen ich erblicken würde. Vielleicht fragte sich Xavier das Gleiche im Hinblick auf mich. Allerdings öffnete Tomas die Tür, wurde von Xavier also als Erster wahrgenommen, und als sie sich umarmten, wirkte das natürlich und unvermeidlich, beide zeigten keine Verhaltenheit, keine Bemühtheit, keine Feindseligkeit.

Vor mir schien Xavier jedoch zurückzuscheuen – und ich verspürte einen Stich, nicht nur, weil er vor mir zurückwich, sondern weil es so unspezifisch wirkte, er hätte genauso gut vor jemand anderem zurückscheuen können, schien mir keinen besonderen Wert mehr beizumessen. Ich umschloss seine Hand, brachte es aber nicht fertig, ihn so innig zu umarmen, wie Tomas es getan hatte, merkte, dass ich ihm weniger zu geben vermochte, als er sich vielleicht wünschte, weniger zumindest, als ich mir selbst gewünscht hätte. Ich ließ seine Hand los und bat ihn ins Wohnzimmer, bei meinen Worten hielten wir alle kurz inne, ich hatte zu ihm gesprochen wie zu irgendeinem Gast, einem Fremden. Vielleicht war er das ja auch. Auf jeden Fall fing er sich rasch, nickte und folgte mir.

Wir setzten uns auf den Sofas einander gegenüber, als wollten wir möglichst großen Abstand halten, und erst, als ich ihn aus dieser Distanz musterte, verstand ich, was in ihm vorging, er war sowohl mürrisch als auch stolz und aufgeregt. Er stand wieder auf und zog ein Konvolut zusammengefalteter Zettel aus der Manteltasche. Er zögerte, dann hielt er es Tomas hin. Tatsächlich galt die Geste mir, jeder von uns wusste, dass die Botschaft dieses Konvoluts nicht an Tomas adressiert war, sondern an mich.

Tomas warf mir einen Blick zu. Er regte sich nicht, nahm das Konvolut nicht entgegen. Xavier zuckte die Schultern und legte es auf eine Ecke des Couchtisches. Er setzte sich wieder. Erst da beugte sich Tomas darüber. Er ließ die Hand mit ausgestreckten Fingern über den Papieren schweben. Was ist das?, fragte er Xavier, in seiner Stimme schwang eine latent beklommene Neugier mit. Diese steigerte sich und schien sich obendrein mit leiser Erleichterung zu paaren, als Xavier antwortete: Ein Stück. An dieser Stelle hob ich den Kopf und stellte fest, dass beide mich ansahen, vielleicht hatte Xavier mich die ganze Zeit angeschaut.

Mein Blick glitt zum Schreibtisch vor den Fenstern, dem Tisch, den Tomas vor nicht allzu langer Zeit für Xavier gekauft hatte und der nun schimmernd und verwaist dastand, und mir wurde bewusst, dass ich mich in wenigstens einer Hinsicht geirrt hatte, nicht Hana hatte die ganze Zeit gearbeitet, sondern Xavier. Allem Anschein zum Trotz – Xavier auf dem Sofa, auf dem Fußboden liegend, Xavier, der müßig in einem Buch oder einer Zeitschrift blätterte – verrieten mir die Art der Übergabe, die Art, wie er zu Tomas sagte, er wolle uns etwas zeigen, ja sogar die Art, wie er das schmale Konvolut auf den Tisch legte, dass es sein Werk war, vom Anfang bis hin zum letzten Wort.

Tomas räusperte sich und sagte: Du hast es also fertiggestellt. Er strich beinahe zärtlich über das Konvolut. Er nahm das Manuskript zur Hand, und ich wusste, er war gespannt und konnte es kaum erwarten, mit dem Lesen zu beginnen, dies war, wie ich wusste, nicht zuletzt die Erfüllung einer stillen, ihm selbst womöglich nur vage bewussten, aber lange gehegten Hoffnung. Er betrachtete Xavier voller Stolz – er war stolz auf diesen Menschen wie auch auf sich selbst. Die Tiefe dieses Gefühls schien ihn zu verwandeln, aus sich selbst hinaustreten zu lassen, die Grenzen seines Wesens zu erweitern, und genau das war, wie ich wusste, eine mögliche Definition von Liebe.

Ich hoffte inständig, Tomas würde im Kokon dieses Gefühls verweilen, das sich mit jeder Sekunde spürbar vertiefte – genau das wünschte ich ihm. Doch er senkte den Kopf und blieb stumm. Was ist es für ein Stück?, fragte ich zu guter Letzt, und Xavier sah mich an. Sein Blick war fest und klar, und ich spürte zum ersten Mal ein stabiles Ego, ich wusste, er war jemand, der ein Werk zu erschaffen vermochte, vielleicht sogar viele Werke. Offensichtlich hatte ich ihn von Anfang an falsch eingeschätzt. Er antwortete: Ein Monolog. Die nächste Frage entwich mir, bevor ich mich bremsen konnte. Wer spricht ihn? Er nickte, als hätte er diese Frage erwartet, und ich wusste, er spürte genau wie ich, wie begierig ich war. Eine Frau deines Alters, in mancher Hinsicht auch deiner Veranlagung, sagte er. Eine Frau, die nicht mehr zu unterscheiden weiß, was real ist und was nicht.

Wir betrachteten einander. Ich wartete ab, um zu schauen, ob seine Züge erschlafften, ob seine typisch ausweichende Art erwachte, ob sich sein altes Selbst zeigte. Stattdessen spürte ich, wie sich sein Ego mit frischer Kraft einen Weg bahnte, er war kaum wiederzuerkennen. Er hatte zu sich selbst gefunden. Ich lachte auf. Ist das nicht etwas zu platt?, sagte ich und stand auf. Und was soll ich damit?, wollte Tomas von Xavier wissen. Seine Frage wunderte mich, denn was Xavier wollte, lag auf der Hand. Er möchte, dass du es liest, sagte ich, in der Tür stehend, mit scharfer Stimme. Er möchte wissen, wie du es findest.

Tomas schüttelte den Kopf und sagte dann mit sanfter, sachlicher Stimme: Wer sollte es zuerst lesen? Sicher nicht ich. Ich denke, dieser Text ist für … Er drehte sich zu mir um, und ich sah, wie er das Konvolut für einen flüchtigen Moment fester packte. Danach bot er es mir an, seine Finger lockerten sich. Ich denke, es ist für dich gedacht. Er musste schlucken, während er mir das Konvolut hinhielt, und ich begriff, auch für ihn war es nicht einfach, auch er musste etwas aufgeben. Ich betrachtete Xavier, der bemüht war, seine Hoffnung zu verbergen, ich sah Tomas' ausgestreckten Arm und kehrte ins Wohnzimmer zurück.

Hier kann man zweierlei zugleich sein. Nicht, indem man Psyche oder Persönlichkeit spaltet, sondern indem man einen Geist organisch über einen anderen schiebt. Der dazwischenliegende Raum erlaubt es einem zu spielen. Man beobachtet sich selbst, man schaut sich beim Spielen zu, man hört sich sprechen, eine Zeile, die artikuliert und noch einmal artikuliert wird, und die Bedeutung, die entsteht, gewinnt auf Anhieb Wirklichkeit – wie man sie auf der Bühne erlebt, wie das Publikum sie erlebt –, ebenso das absehbare Resultat des eigenen Könnens, die Entscheidungen, die man gefällt hat, die Kontrolle, die Freiräume öffnet.

Ich stehe auf der Bühne. Ich schaue ins Publikum, ein volles Haus, wie sicherlich von Xavier erträumt, vielleicht von Anfang an. Xavier, dessen Ehrgeiz ebenso stark und tief ist wie meiner. Zu Beginn meiner Karriere habe auch ich von einem vollen Haus geträumt, damals war es mir wohl nur um das Publikum und dessen Anerkennung gegangen. Stets gesehen zu werden war damals ein Selbstzweck, denn gesehen zu werden, schenkte mir die Gewissheit, dass ich existierte, dass ich, wenn ich meinen Körper berührte, tatsächlich leibhaftig war, mit intakter Persönlichkeit in die Welt schaute. Ein Halt inmitten der Turbulenzen meines Inneren – ich nehme an, das war der Zweck des Ganzen.

Ich weiß, darum geht es auch Xavier, gut möglich, dass er längst gefunden hat, was er sucht. Das Bewusstsein, für die Welt und in der Welt zu existieren, indem man ständig wahrgenommen wird. Selbstverständlich geschieht das nicht unaufhörlich, jedenfalls nicht in dem Maß, das er sich vielleicht erhofft. Einmal wird man wahrgenommen, dann wieder nicht, zu viele Rollen – ob auf der Bühne oder im Leben – haben keinen Bestand, und sobald sie der Vergangenheit angehören, kann man sich der ihnen inhärenten Logik nicht mehr bemächtigen. Meist hinterlassen sie eine Leere. Das werde ich ihm allerdings nicht verraten. Das muss er selbst herausfinden. Stattdessen stehe ich auf der Bühne, in der von ihm erschaffenen Geschichte, in der Rolle, die er kreiert hat. Vor mir – ein, zwei Gesichter, die im Publikum erkennbar sind. Ein Strang von Wörtern, stabil wie ein Kabel, eine Stimme, die mir gegeben wurde. Und ringsumher das lauernde Dunkel.

DANKSAGUNG

Mein Dank gilt Ellen Levine, Rebecca Saletan, Laura Perciasepe, Jynne Dilling Martin, Geoff Kloske, Ashley Garland, Claire McGinnis, Glory Anne Plata, Kitanna Hiromasa, Nora Alice Demick, Michelle Waters, Viviann Do, Helen Yentus, Lauren Peters-Collaer, Delia Taylor, Sharon Gonzalez und allen Menschen bei Riverhead und Trident Media. In Großbritannien habe ich Clare Conville, Michal Shavit, Sean Hayes, Alex Russell sowie allen Mitarbeiterinnen und Mitarbeitern von Conville and Walsh sowie der Fern Press zu danken. Ich habe dieses Buch in weiten Teilen als Stipendiatin der Jan Michalski Foundation und des Shakespeare and Company Bookstore verfasst; ich konnte das Manuskript als Rome Prize Fellow für Literatur an der American Academy, Rom, abschließen. Diesen Institutionen und den dort tätigen, sehr besonderen Menschen bin ich dankbar für ihre Großzügigkeit, Umsicht und Unterstützung. Wie immer gilt meine Liebe Hari, Ryu und Mila, ohne die all dies undenkbar gewesen wäre.